城之迷。

七等生

【出版前言】

削瘦卻獨特的靈魂

生命裡不免會有令人感到格格不入的時候，彷彿趔趄著從一眾和自己不同方向的人羣中穿行而過。然而如果那與己相逆的竟是一個時代、甚至是一整個世界，這時又該如何自處？一生以叛逆而前衛的文學藝術屹立於世間浪潮的七等生，就是這樣一位與時代潮流相悖的逆行者。他的創作曾為他所身處的世代帶來巨大的震撼、驚詫、迷惑與躁動，而那也正是世界帶給他孤獨、隔絕和疏離的劇烈迴響。如今這抹削瘦卻獨特的靈魂已離我們遠去，但他的小說仍兀自鳴放著它獨有的聲部與旋律。

該怎麼具體描繪七等生的與眾不同？或許可以從其投身創作的時空窺知一二。在他首度發表作品的一九六二年，正是總體社會一意呼應來自威權的集體意識，甚且連文藝創作都被指導必須帶有「戰鬪意味」的滯悶年代。而七等生初登文壇即以刻意違拗的語法，和一個個讓人眩惑、迷離的故事，展現出強烈的個人色彩與自我內在精神。成為當時一片同調的呼聲中，唯一與眾聲迴異的孤鳴者。

也或許因為這樣，讓七等生的作品一直背負著兩極化的評價；好之者稱其拆穿了當時社會表象的虛偽和黑暗面，凸顯出人們在現代文明中的生存困境。惡之者則謂其作品充斥著虛無頹廢的個人主義，乃至於「墮落」、「悖德」云云。然而無論是他故事裡那些孤獨、離羣的邊緣人物，甚或小說語言上對傳統中文書寫的乖違與變造，其實都是意欲脫出既有的社會規範和框架，並且有意識地主動選擇對世界疏離。在那個時代發出這樣的鳴聲，毋寧是一種挑釁，也無怪乎有的人視之為某種異端。另一方面，七等生和他的小說所具備的特殊音色，也不斷在更多後來的讀者之間傳遞、蔓延；那些當時不被接受和瞭解的，後來都成為他超越時代的證明。

儘管小說家此刻已然遠行，但是透過他的文字，我們或許終於能夠再更接近他一點。印刻文學極其有幸承往者意志，進行「七等生全集」的編輯工作，為七等生的小說、詩、散文等畢生創作做最完整的彙集與整理；作品按其寫作年代加以排列，以凸顯其思維與創作軌跡。同時輯錄作者生平重要事件年表，期望藉由作品與生平的並置，讓未來的讀者能瞭解台灣曾經有像七等生如此前衛的小說家，並藉此銘記台灣文學史上最秀異特出的一道風景。

1979年於家中閒聊

1977年《城之迷》，遠行（初版）

目錄

【出版前言】削瘦卻獨特的靈魂 002
城之迷 009
諾言 190
美麗的山巒 195
逝去的街景 206
代罪羔羊 213

城之迷

第一章

柯克廉抵達台北城時到城中區西門町書籍販賣中心書城地下室詢問藍白的地址和電話號碼，順便問及藍白是否按時到這個書城來，照管藍白出版社攤位的人說他是每天來，但時間在早晨或下午並不一定，今天他還沒有來。柯克廉非常感謝那個人告訴他這些事；因為他已經有許多年未曾和藍白通信，自他離開城市到鄉野的地方生活就此和他失去了聯絡；藍白也改換了住所。他到街邊的一座電話亭打電話給藍白，一個細柔的女人聲音問他是誰，他報名給她，她卻說不認識，他知道她是藍白的妻子，她又表示記不起他的模樣，柯克廉覺得很難為情，請她要藍白來聽電話，她說藍白在洗手間要他等一下，直到藍白終於親自來接電話。

藍白知道是他時頗表驚訝和猶疑，好似嚇了他一跳，他有點敷衍地說他半個鐘頭之後開車送書到書城來，要柯克廉在那裡等他，柯克廉想向他說明什麼，但對方已經把電話掛斷。他站在商店走廊下凝思片刻，對自己身處此境覺得非常的迷亂，很不巧的是天氣並不好，有下雨的徵兆，空際灰暗而氣候悶熱。這一帶是商業和娛樂的中心，人潮大都擁擠在走廊上緩慢地移動；街道上行駛的車輛數量驚人，順流不息地穿梭而過，行人被迫在街口必須走上陸橋才能通過。柯克廉盤思著如何度過這半小時，或甚至要超過一小時，誰知道藍白想玩什麼花招。他想到處看看回憶著約五年前同樣的城市的各種與現今不一樣的形態。要是他一直住在城裡未曾離開將不會有現在不順應的感覺。街道走廊上的年輕人似乎佔著大多數，他們是穿著牛仔褲和卡其上裝，模樣都像是大學生，男女都同樣蓄留長頭髮。柯克廉奇怪他們三兩結羣的腳步為何那麼緩慢和悠閒，而眼神冷默近乎無情，他和他們同樣在那街道上就顯得呆板老舊，與他們那一股驕傲而冷酷的息氣格格迴異。他在這城裡經過了學生的時代，以及之後很長的生活經歷，現在有三十五歲，回想起來並不是現在的樣相，那時他們是活潑而勤奮，不斷地學習和工作，現在這批新的年輕人像是老氣橫秋，一派享樂的樣子。他們有點像櫥窗裡穿衣服的塑膠模特兒，使人看見他們的外表好看而卻感覺裡面並沒有流通的血液。

他在武昌街和西寧南路一帶的戲院流覽了一周重新轉回西門町的圓環，就在他走下石階朝書攤走去時，從背影認出藍白短小圓胖的身體，他似乎已經交代清楚事務後要轉身離開時看到柯克廉向他走來。藍白仍然是老樣子，但馬上能辨認出他修飾過的外表。他看到柯克廉時臉上展出微笑，伸出手來和柯克廉握手，但似乎不該那樣說卻這樣說道：

——我以為你失蹤了。

失蹤？柯克廉覺得藍白的口氣令他驚訝。

——我說半小時。

——你來就馬上走嗎？

——當然，他說，我額外等你十分鐘。

他們走出地下室站在外面的走廊，柯克廉在人聲吵雜中問他：

——我的書賣得如何？

藍白戴上褐綠色太陽鏡對柯克廉打量一番。

——算是賣完了，剩下幾本書店退回的爛書。

——謝謝你，柯克廉拍一下他的肩膀。

藍白自顧地走向一部橙色的小旅行車，柯克廉跟在後面，他打開車門招呼柯克廉坐進來。

——我們去那裡？柯克廉問他。

藍白開動馬達，他說：

——我們到明星去談談。

他說的明星使柯克廉馬上想到他昔日和寫小說的朋友常去的那家麵包店二樓的咖啡室，但他並不確信藍白說的就是同一家。

——那一家明星？

——你不知道嗎？

——也許我知道，也許我不知道。

——那麼到達時你便知道了。

藍白從衡陽路繞圈回轉到武昌街，當車子停在麵包店的門前處，柯克廉才明白藍白所說的明星就是和他心裡想念的同一家。還是那走起來會發出響聲的木板樓梯使他覺得親切，推開門時絕沒有想到誰會坐在那裡，雖然他早在心裡湧起多層的記憶，他和老姜、正雄，還有幾位他們身邊的漂亮女人，和畫家老歐等，常在晚上七點會聚在這裡，吃這裡特製的黑麵包或蛋炒飯，漫談文學。但柯克廉並不想到他們這些人現在還可能在這裡；他們早被沖散了，他也懶得去推想散開的理由。可是意料之外的，在推開門時他發現有一個熟面孔在最靠裡面角落的一張桌子，桌上擺著書、稿紙和咖啡杯子，在柯克廉心中他是一位硬漢，最近在文藝界掀起談論熱潮的年輕作家李明，是最初柯克廉把他介紹給文藝季刊的那位宜蘭人。柯克廉舉手向他招呼，李明坐著眼光銳利的盯著和他進來的藍白；他沒有向李明走過去，和藍白坐在進門的一張桌子，未等侍者過來藍白即對柯克廉表示他們還是離開先去吃午飯。這使柯克廉感到有些意外，那時卻正是要午飯的時刻，為何藍白在未進明星咖啡室之前不表示請他到餐館吃飯，等到此時好像有什麼不對勁才藉口要去吃飯。他想藍白並沒有打算請他吃午飯，問題在李明，他發現李明那明銳的眼光不斷地注視這邊來，那憤怒不快的眼色使藍白產生不安，因此他表示去吃飯只不過是個離開的藉口。他不想馬上問藍白為什麼？他並不感到飢餓，但既然他這樣提議何不暫時順著他的意思。他想為藍白解圍也是一件應做的好事。柯克廉站起來，藍白有點急忙地已經拉開門閃出去，柯克廉走到李明的面前，對他表示他有事和藍白磋商，回頭再來他聊談。

——出版的事嗎？李明說。

柯克廉點點頭，李明馬上警告他說：

——那傢伙不是好東西，你要注意。

——我知道。柯克廉急著要走開所以這樣說。

——對他不能客氣，李明又說。

——好，回頭見。

柯克廉對李明所顯示的激憤態度甚為疑惑，但沒有時間和他交談，他想回頭再來見他就可以明白到底是怎麼一回事。藍白坐在他的小汽車裡面，對柯克廉遲慢下來有點不高興。

——李明對你說什麼？

——他沒說什麼。

——沒有？他表示懷疑地望身旁的柯克廉一眼。

——真的，我好久未見他了，我們到那裡吃午飯？

——我請你吃牛肉麵。

他回答的口氣頗使柯克廉感到萬分失望。他沉默著讓藍白開車到一條巷子裡。這條賣牛肉麵的巷子滿地污穢，桌子十分油膩，柯克廉不發聲色地坐下，未表示任何異議。然後又意外地聽到藍白訴說他的經營苦經。他並不想和藍白引起什麼衝突，只希望他能夠迅速的再版他的短篇小說集，可能的話他還有一本新的長篇小說也一併由他出版。但談到版稅的問題時藍白表示不能按照合約的內容全數付給，依照合約他應付百分之十的版稅，以二千本計算有八千元，藍白說：

——我只能給你五千元。

——以前未算清的版稅如何了？

——以前的一筆勾銷，我搬家時許多文件都弄掉了，沒辦法整理，你以前已拿去了一部份錢，坦白說我出版你的書並沒有賺到一分錢。

——我知道我的書也許不好賣，但……

——我完全看在朋友份上幫你的忙，你不應該和我計較。

——這點我十分感謝你，但既然你說要幫忙，事實上是應該給我足夠的版稅，否則也不能算是幫忙了。

——我最近銀根很緊，藍白說。

——那麼你最好開給我一張遠期支票，我不在乎。

——不，你聽我說，再版的書我給你五千元，其他的不要談。你帶來新的小說嗎？

——你要的話我回鄉即可寄給你，但新書出版的版稅如何？

——同樣五千元，藍白說。

——嗯，我的朋友，柯克廉苦笑著說，這算是什麼幫忙，你一點都沒有想到我的處境嗎？何況我一向和你都沒有認真去計較，一連拖了五年，這算什麼朋友呢？

——我這樣對你是最最優厚，你可以去問別的出版社，沒有人會像我這樣厚待你，你同意了我們明天就重簽一份新契約。

那碗牛肉麵加了許多辣椒，使柯克廉吃完後滿頭汗水。——不錯罷？藍白指牛肉麵問他，柯克廉回答說——的確不錯。藍白付了帳後對他說——我很忙，我不能陪你，明天照樣在書城見你。

翌日清晨柯克廉搭公共汽車離開市區，到郊外的一個新社區，他在榮民總醫院下車，然後步到一條對面的巷子，他看見藍白的那輛橙色小車停在一幢高雅的公寓樓房下面，但那幢樓房的一面巨大的漆成紅色的鐵板門似乎擋拒著任何來客的進入。昨日柯克廉步回明星咖啡店時李明還在那裡，事後他有點兒後悔再轉回去見他，聽他道及藍白做人的那一套使人不齒之處。嚴格說來每一個人都有令人批評之處，在沒有絕對的真理之下，有些人一定是另外一些人的指責對象，有時虧欠他人是絕對不可免之事；他想在這樣爭權奪利的城市裡，就更加的不可免除恩恩怨怨的存在了。李明對他道及的有關藍白的行為是涉及到他尊嚴的受損，事關有一次藍白跑到李明家去，很滿意李明租住的那幢獨院房子的清靜雅緻，詢問之下房主有意要賣，藍白馬上表示要買下來居住，他第二天又偕他的妻子來看，已經決定要買下來，李明表示如他真要買那麼他就另外物色別的房子租住。就那樣決定了，李明如期搬走了，他表明要非藍白要買他是不會搬家的，結果有一天他重遇那位屋主，他對李明說你的朋友爽約了。就是這麼一件事，李明說——你不知道，老柯，那傢伙一點修養都沒有，他到處隨意吐痰。這事指藍白偕他的妻子來看房子時在院子吐了一口痰或二口痰，因為李明成全他使他事後回想起來對藍白這傢伙感到無比的憤怒。在這樣的情形下，柯克廉當然沒有把他和藍白的事的真正內容告訴他，使他火上加油，因為李明表示——他要是對你有任何欺詐的話，我就藉這個理由替你好好揍他一頓。這一點柯克廉當然清楚是他學生時代混太保遺留下來的脾氣渣汁，說說可以，未必他敢在這樣的明理的年歲裡真正為他抱不平向藍白動武。李明說完了話就收拾他的行頭離開了。柯克廉繼續坐在那裡飲咖啡聽音樂，然後他決定去看一場電影，晚上找一家二三流的小旅館住下，他帶來幾本書，躺在床上閱讀，只看了幾頁，就為心裡無形中盤繞的念頭打斷，整一天的事讓他覺得有趣，但那版稅的事就令他不得不嚴肅了起來。藍白在柯克廉按鈴之後下來見他，帶他到遠離公寓樓房的一塊雜草叢生的空地去散步。

——我們昨天不是已經談妥了嗎？藍白說。

柯克廉卻並不以為他們已經說妥了，相反地他是被藍白昨日的表現欺騙了，所以他不得不和他認真起來。

——除非你給我契約中應付的版稅，否則……

——我已經告訴你了，藍白說，我和你這筆帳根本沒法再算，只有重新來。

——你只需憑你的良心，我就相信你，否則……

——你實在是個反反覆覆的人，藍白說。柯克廉知道他現在用的是激將的辦法，他馬上提出了一位柯克廉的老朋友來刺激他。——你知道老簡對我談到你時說什麼嗎？

——老簡對我有什麼可說的？柯克廉問他。

——他說對你頗感失望。藍白說。

當時這樣的一句話的確頗使柯克廉感到異常難受。問題不在老簡對他是否真正感到失望；他對柯克廉失望是一個問題。可是要是老簡會對藍白說他對柯克廉失望顯然又是另一個問題。老簡真的對藍白這樣的人說了這種話實在令柯克廉為他的朋友老簡感到無比的羞辱；老簡對柯克廉當面總比在背後說這句話光榮許多。要是老簡不是對藍白而是對其他的人說他對柯克廉失望，他也不會那麼難過。現在他才明白昨日在明星咖啡室李明的無名之火那樣高升的緣由，那就是對藍白這個人的不齒。現在他才明瞭藍白的確是他所見到的文藝圈中最為無恥狡詐的傢伙，他在文藝界只不過是個龍套的角色，現在卻神氣地來耍弄昔日都是這城裡窮酸漢朋友的柯克廉，連李明那位精明的傢伙也被他耍弄了一招，事情真是太滑稽了。——他在南部誘騙到一位有錢人家的小姐……李明的聲音猶在柯克廉耳裡響著。此刻，柯克廉根本不在乎藍白把老簡搬出來刺激他，因為老簡現在又算什麼朋友，昔日親同手足的老友不錯，現在可並不怎麼新鮮了，他是否有資格來批評柯克廉？揭穿了老簡只不過是個現實勢利鬼而已，他在藍白的出版社繪插畫，每本酬資五百元，他仰賴藍白，奉承他是可想而知的事。可是老簡是否真的說了那句話猶待證實。

——我們何不一起去找老簡，看他是不是真的這樣說。柯克廉看他有什麼反應。

——我才不會和你一起去做這傻事，藍白說，有機會你最好親自去問他。

這極明顯的藍白不但在刺激柯克廉，甚至在背後誣賴一位不在場的人。這時柯克廉和藍白之間演成了僵局是極為明顯的事，沒有第三者介入做仲裁人將難達成解決的結果。柯克廉面對這樣一位不講道義的人頓感滿腸灰意，內心中已不斷地在自呼著倒楣。他在那片空地上身體依附著一輛廢棄破損的汽車，對藍白那狡滑滾圓的面目和身材再也沒有興趣去注視他，寧可說厭煩已極。不料對方卻自動地提出了這樣的問題：

——我們何不去請一位公正的人來評理？

——為什麼不？柯克廉轉過來注視他，你要找誰？他追問藍白。

他想到藍白為何要提出這樣一個不利於他自己的問題必定另有打算，第一點他認為藍白不願和他一直糾纏在他家的附近而引起家人或鄰居的猜疑，所以越早趕走他越好；第二點他想藍白一定想到一位有利於他的人物，這個人必定與藍白平時就有互惠的交情，在這種情形藍白自信那個人一定會站在他的立場來共同制服柯克廉。

——藏天，藍白說出這個人名來。

——無論是誰都可以，柯克廉憤慨地說。

他現在並不在乎他將喪失什麼，在這樣無助的心理之下他的確也需要一個第三者介入解開僵局，就是這個做為仲裁的人同樣是個像藍白一樣的角色，他也想見識一下這種人的真面目。但他心裡自信著那個人不一定就會站在藍白的一邊欺負他；他心裡突然有強烈的意識想見識這個人類的城市的實在面目，這何嘗不是他來城市的一個重大的收穫。

於是他坐在藍白的身邊，那部橙色小車直駛城內停在重慶南路。藏天這個名字柯克廉略有所知，偶而在雜誌報紙的副刊看到他寫的文章。藍白帶領他走上一家大樓的三樓，在一個雜誌社的辦公室會見了藏天，這個人看起來差不多與柯克廉的年紀相當，外表很漂亮，顯得十分懂得世故和處事。當他聽到雙方的言詞之後表情甚為斟酌，他不直接裁定誰是誰非，而卻出乎柯克廉心裡意料地詢問他們說：

——這本書讓我來重印如何？

他對藍白問道：

——你肯讓出來嗎？

他又對柯克廉說：

——你願給我們的出版社重新排版嗎？

他說他們的出版社的條件照樣付百分之十版稅給作者，而且可以照數先付，在這樣的情形下柯克廉當然表示願意，因為他想必定可以獲得在藍白處不能獲得的足夠利益。藍白表示他無論如何再也不願出版柯克廉的書。這件事馬上在那裡取得了協議；藍白歸還給柯克廉那本短篇小說集的版權，條件是柯克廉不能再和他清算舊帳。至於轉由藏天來出版，柯克廉問他：

——現在我們可以簽訂合約書嗎？

——可以是可以，藏天說。

藍白表示有其他的事要走，他要溜走是他打了一場不贏不輸的仗。事實上是他打贏了，只是後事由他的朋友來收尾。他說要走，藏天迅速地捉住他，向他推薦一本書由藍白來出版，做為一種交換，藍白馬上答應。

——你能出多少價錢？藏天問他。

——我付最高價。

藍白說這句話時偷偷地瞥視柯克廉一眼。柯克廉只是沉默地聽著，並不理會他。

——最高是多少？藏天再問他。

——一萬五千，藍白說。

他這一次真走了，故意給柯克廉一陣心酸的打擊。柯克廉沉靜地坐著，等待藏天對他剛才的問題的確定回答。

——原則上每出一本書我都是先請示老闆，藏天轉過來對柯克廉說。他說這件事絕沒有問題；他解釋說本來可以現在就請示老闆馬上決定簽約，但不巧老闆今早去開會，下午才能到來，他給柯克廉他的電話號碼，約他下午三點鐘打來，或麻煩他再到這裡來。當下午三點鐘柯克廉打電話給他時，對方的回答是：

——很抱歉，老闆認為這是一本出版過的舊書，他認為沒有再出版的價值。

第二章

柯克廉漫步在淡水河堤岸正在修築中的環河高架道路的工地上，他並不是專程來看那些工人做工，只是覺得在人潮擁擠的街道上散步感到十分無味，無心地走到這一個地帶來。看到淡水河泛泛的緩流自然覺得舒暢許多。這是獨自一人的踱步的快樂；或者最好稱為獨自一人的憂鬱的排遣更恰當些。固然此時他覺得心灰意冷，有著萬事不順遂的沉悶心情，腳步便自然地趨向於綠草和樹木的河堤公園，心中傾向於無為靜穆的自然風景，把眼光朝向對岸的山巒；要是那些山峰距離得不那麼遙遠，或者河水不間隔著他，他當然會懷著喜悅一直邁向前行和靠近；如果有一隻小舟能為他尋覓，他就會僱舟渡河向羣山逃遁得遠遠而去，懷著解脫的心緒向那莊嚴的自然哀歌低吟。他心中的盤算已經有著具體的決定，知道維賴社羣的互助而生存的難以實現，他明瞭自己並沒有好高騖遠的幻想，只盼望求得少許的人間的公正和誠實就感滿足這微不足道的卑低生命。固然他沒有高深的學問也沒有聰明的伎倆而擠進於較高的階層，他只期盼於和諧和尊重這生存的要義的彰明，但這個城市讓他感覺有一種隱密的邪惡性格的存在，積極地在疏遠溫善的美德。雖然他知覺自己已經充滿了消沉的情緒，畢竟他還是具有耐心的品格，願意隨時追求心中的理想，只要有著一線的曙光，他會重新從那落魄的姿容煥發而有為。他會待人誠懇有禮；他會為人忠誠的服務；他的愛欲會勃盛地迎接生命的喜悅，以及呈現出快樂的姿態。他估評自己有時腦中所盤旋的小小的幻想的道德問題，誠實之心使他並不有所驚悸那慾念的自然滋生。突然他獲有一種來自現實的打擊的啟示，覺得他的長期的逆運所給他心理修養的價值，使他窺知自己胸懷世界的寬闊，以及培植他有成熟的和諧面貌，使他高瞻仰止變得態度漸行中庸。他的緩慢而穩定的腳步踏在沾滿水濕的草地上不怕被滑倒，注意傾聽每一步伐的聲音備覺有趣，也感覺到在穩重中帶有俏皮的意味，把定的心志使他對於某種奸狡的排斥不再視為嚴重的傷害，反而令他憐憫那世態的炎涼所顯示的景象，這點涵養惟靠長時經驗的累積，而能漸漸在這劣勢的生存裡咬嚼著苦中的甘味。這些單獨個人的祕密和認知思想顯得對生存的心態多麼難缺和珍貴，而多少歲月已經使他在廣漠無垠的土地上踏出一條足可往來自如的小徑。但並非這些已經足夠他受用，未來的未知才算是一種考驗，每一時刻都可算是重新的出發，每一寸踏上的土地都是新釐的立足點，從誕生到爬行到站立而現在是要舉步行走的時候——走向一條認知的使命之途；從意念到實踐，然後回到意志；從上帝處走出，繞著一條活生生的道路，再回到上帝之處歸隱。他心中非常惻憐於那些在一時中以不誠實和貪婪而獲得小小勝利的人，這樣的人無疑是反叛上帝的魔鬼，意圖在這宇宙的一隅屯積為營，建立華麗的私人城堞以為永久的居住，這是多麼可憐而短視的虛幻想法。

柯克廉在這樣的思緒洶湧的漫步裡突然想到一個人來——一位在昔日的印象中非常和諧善良的女性。無可置疑柯克廉對女性總比對男性較好印象；就如此刻，他不會想到任何與他過去在此城中有密切往來的男性朋友，走訪他們獲取暫時的休息。他想念他們，回憶一些交誼中有趣的事物，但那畢竟已像雲煙消失無影，只留得記憶的甜美幻景，已沒有實際的香味。就指記憶而言，萬事何能與回憶女性的溫柔更為美妙？更帶有幻想的快樂和企求的意志？就是與女性的平淡交談也比與男性的胡鬧強得幾倍多。這樣的心性在此時的環境裡也許有些獨特，有點無為，有點與蓬勃的競爭的世界的人類相背反。他至今未有俗世的事業前途的任何打算的跡象，一直都在知識的象牙塔徘徊在有些形上的領域中流連。在這之前的時光裡大半都是一種遊戲的態度，唯靠小小的靈感度日而活；在他蟹居的鄉村亦是隨意地過著懶散的日子。這當然有些沉悶和不合羣，因此至今已沒有可以傾心暢談的朋友。在這樣的沒落中想到那位女性似乎有點激發的作用。事實上他原計劃今日黃昏就搭火車離開台北回鄉；他來城的私事已經結束，沒有想到會是這樣的冷酷無情的結局；似乎在這昔日曾生活過的地方他猶想像著還有繫留一絲的關係，卻遭逢著詭詐的擺佈絕然地斷絕了。但這對他的寫作愛好並沒有產生嚇阻的作用；他原來對文學的理想只是為了探求個人和世界的關係，純粹是想排遣日子，沒有那種過份的虛榮的期盼。因此對他而言，在這方面的興趣依然還能維持著自己特殊的風貌。他自信著，雖然沒有像某些有才華的人那樣大展寫作的事業，從中獲得豐富的報酬，但並不至於在遭到歧視時就完全斷掉他在這方面工作的興趣。為何這時他會想到那位女性，也許對柯克廉來說是一種突發的靈感，他那好玩遊樂和閒適的心性的作祟。他追思他和那位女性的關係，坦白說他們之間並沒有很深的淵源，只有共事的幾個月時間，還有一二次的祕密的約會懇談罷了。五年多前他的斷然離城並不是與這位女性有直接關係的緣由，換句話說不是為了愛情的事件，我們最好把它歸結為一個與命運有關的理由，那就是時運使然。或者我們形容這是柯克廉年輕而憂鬱的氣質的一番作為。想到這位女性，此時柯克廉已被她的倩影完全取代了他剛才猶滿心不樂的情緒。要是他來城市的任務獲得順利的話，他恐怕不會想到她；他會將他所獲的金錢購買一些生活必需品回鄉去度他淡泊的日子；因為他早就決心與這個大城不再有任何浪漫的往來，他的心已安頓在一個隱祕的居所；他此次來只有一個單純的目的，沒有其他非份的想法。嚴格說來，此城對他已屬陌生，他只做獨來獨往的打算，此番的命運更屬絕然，心中的決定已應不會更改，也許將來重臨此城須待來世轉生之時。巧妙的是他的腳步現在所踩踏的草地正是他昔時與那位依依不捨的女性最後晤別的地點，他的思想中那種神祕的素質使他相信那時他們體膚沾留下的氣味猶留在空際中，或隨塵埃降落在土地上滲透在長出的青草裡，使他最為靈敏的神經知覺和甦醒，他們那時交談的音波還盤繞在水的上方漪漣不受時日的吹散，還能從那無數的混合中辨識出來。此刻，當他邁步離開這空氣中充滿潮濕的公園走回城內之時，就猶如當時想打消了離城的意志，願意接受她的懇求續留下來，去應約她為他特別在某一餐館擺設的要與她面對面的親密晚餐。所以就在此刻似乎猶可彌補當時堅決的行動所導致的必然懺悔，又可接連與她當時交往的韻味。這種十分矛盾的心情雖然在未見到她之前充滿著各種猜疑，否定事實的可能，可是那躍躍欲試的心跳已在為他緊密的打鼓，催促著他的腳步做探試的冒險。

事實上僅憑這點心中突來的靈感實在不足構成現在前往拜見她的理由，在現代的嚴格禮儀裡，他不啻就是令對方驚悸無措的不速之客，何況他並非在急需之求時去謁見她，在柯克廉的生活哲學裡沒有這條期求憐憫的意圖，就是在最為走頭無路的關頭亦不會採取鋌而走險之路，凡事他總看在天命上而有自我負責自我照顧的態度。猶如五年前他的那番憂鬱氣質的離城作為一樣，只是他個人內窺生命的一種自由意志的表現，與這個大城的任何人無關且亦無影響。當然這事已沒有必要多加解釋。這種溫文的怪行與現代社會日漸增多的暴行劣跡正是生命的兩條相反的極端途徑，永遠不相為謀和混為一談。我們這位柯克廉的確在他的行徑裡大有古代人的精神的投身復活，也就是這種善於內省的舉止在當時非常受到那位女性的珍愛和維護。但無論如何柯克廉亦不會藉過去的恩情企圖在現在重溫舊夢；他考慮到時間的變遷，思索到對方生活應受到尊重；總之，他不能冒昧無由地突然出現在她的眼前，就是僅僅做朋友間暫時的會面，他亦沒有這點厚顏的膽量。他可真像是怯懦到極點的人，可是他的步伐現在不是依照著他的欲意漸漸在移近著她嗎？不錯，他甚至已從身上的衣袋裡掏出一本手記簿，這本小冊子不是他記錄社交的備忘，他根本沒有社交，卻是他在鄉野的生活中偶然想到的隻言半句留下來，因此大都是空白頁，但夾在那些寥寥的詩句裡，此時他正在翻找是否有被他無心記載下來的電話號碼的數字和地址的文字。約在半個月之前，他在那鄉村裡竟然接獲到一封由報紙副刊的編輯轉來的她的信，他萬萬沒有想到她頗能動腦筋來尋找他存在的消息；從這一行動可以想見她對柯克廉的關懷絲毫沒有間歇；就是柯克廉本身有意與昔日的一切友朋斷絕信息，也無法完全杜絕這位才智敏慧的女士的熱情。她會寫信由編輯轉給柯克廉，是因為柯克廉正適在那時發表了一篇作品之故，他絕少發表作品在報刊，也是多年來僅見的一次，卻沒有逃過那位女士的視網。那封信使柯克廉足足猜想了許多天而留下深刻的記憶；也就在那幾天裡他大部份的時間都花在山間漫步思索這個問題；奇怪的是那不是一封千言萬語的慰問信，也不是空談情感的情書，只有非常實際的幾個字代表著一切；

克廉：

請給我一信。

斐梅

紙頁上端印有斐梅畫廊處所的地址和電話號碼。柯克廉處在茫然中，心裡充滿奇異的感受，好似睡在黑暗的夢中突然被喚醒受不住光亮的刺激。他在將地址和電話號碼寫在手記簿時並沒有做出任何心裡的決定。前面提到過他有許多日都處在夢遊中，回憶著昔日的往事；那久已不曾再騷擾著他心靈的魅魎形影，全都一一復活展現在他的四周，與他做了一番牽扯的爭吵。他既不決定給她回信，也不決定不給她回信，所以才有那番登記在手記簿的行為。他不能確定到底能在何時重見她，心裡卻預算著有一天也許會遇到她。她的信的確給他一個久已封閉的靈感，甚至挑逗著他一點久已消失的欲意的遐思，使他有付之行動的意思。可是我們必須認清這位柯克廉在思想方面的特性；我們知道人類的行為從表面具體形象上是沒有多大差別的，但在形上思想裡卻充滿互異的特色；譬如他在動身前往城市要與出版商辦理版權的事之前，也就是他接到斐梅的信後，這個期間他在手記簿寫出如下的詩句：

仲夏的南風吹過樹梢，
一個隱遁者徜徉在小山上。
白雲在藍天移動，
噴射機如針地穿過；
雲塊不斷地變形和組合，
而後又擴散分離；
一隻馬的形象映在他的眼簾，
揭開隱遁者的記憶。
昔時，在這靠海的鄉村，
臨海濱的那座山巔，

出現一隻蹦跳的白馬嘶鳴；
牠的眼睛像兩道電光，
白色如銀的皮毛閃耀著太陽；
在一個霧靄的清晨中，
牠涉過沙河馳往東方的山巒。
牠所過之地遂盛產著稻米。
是仲夏的風轉來信息：
據說北方的大城如今昌盛非凡，
色光猶似遍地金黃；
這是奇怪的時代，
人們不再眷戀著泥土芬芳，
拋脫樸素而貪圖奢華。
隱遁者坐起離去，
他的心已不靜寧，
……

那時他躺臥在小山上觀測著自然的現象，多少使他覺悟了自然界的不可思議的奧妙的演變，人類的運命無不參與這瞬息的變化中，無可逃脫造物者的掌握。這種意識往往被指陳為虛無，認為他的本性無情。但我們的柯克廉並不是神仙，是芸芸眾生中的一個凡人，他的理智是代表他思想的力量，並沒有那麼殘酷來扼阻生命應有的喜悅，和逃避得掉飲淘惡運的苦杯。他的肉身是他的思想的試煉品；當昔日在城內被友朋指為虛無者時，他從他們之中沉默而不加爭辯地走出；他知道，雖然要辨識人的思想是透過行為的考查做為依據，可是現今的人們巧言令色，在私利的驅策之下，同樣的行為就會有被故意扭曲的解釋，會有被武斷的判決，會有被二分為善與惡的區別。柯克廉當時離城逃避的無非就是想脫卸那種是非的騷擾，痛惜人類良知的泯滅，以及惡魔潛居在人類心中的無形統治。他想：人必有最終的歸宿，可是這個定命的結論並不是肯定人生的無義；它從始至終之間完全是一種活生的試煉，使你細思上帝在心中的存在，猶如祂指派你在一生中尋找真理；但你不是祂唯一使者，你只能善盡生活的職責，達成你個人受派的使命，在好人的善行中看出隱藏的險惡，在壞人的行為裡深思可能的善果。這個歷程有始有終，無可違逆和怠惰，而如何去尋覓那真理之道只有維靠生活經歷，因此我們的柯克廉一步一步地去接近他的好友斐梅，正是有著這樣的形上思想的萌現；昔者如逝，從現在開始是他另一個生命階段的起端；不知他有何新的事蹟，請看下章的陳述分解。

第三章

在黃昏中柯克廉的腳步橫過中山堂前的廣場，抬頭便能看到畫廊的招牌，他覺得那個地方沒有任何外觀上的特色，只是一幢普普通通的三層樓房，而且太接近於雜亂的中華路的商場，來往的人大都是想購買便宜貨或看電影的羣眾，他們的心裡必定像他們的舉步一樣的匆忙和興趣飄浮沒有專志。在這一地帶似乎沒有寧靜的氣氛。柯克廉走過馬路站在那幢樓的走廊，第一樓是百貨公司，旁邊有一道樓梯口，有一張海報架在梯口的右邊，特別標示著畫廊在推廣一項鼓勵家庭購買美術品的運動，這給人的觀感是商業氣味太濃，與他心裡早先的想像大有差別。未見到她就已經對她工作的處境抱著疑問，在柯克廉的印象裡，她是那種才情和品賞極佳的女性，在這樣的地方經營畫廊未免浪費她寶貴的時光，她可以做些較高雅的工作，譬如翻譯英語的著作或在高級的機關當祕書，甚至在家讀書充實自己，絕沒有想到她會屬於專做買賣的畫廊，這種事於她也必須是一家裡外氣氛充滿藝術風味的高尚地方。當然柯克廉完全不知她在這五年間的變化如何。現在面對事實只可猜想她可能在為困居城內的一羣窮畫家服務，才會有那種急迫的召喚和廣告，可是這樣的地點不是讓人貶低創辦人的藝術眼光嗎？他走上樓梯停在二樓觀看同樣使他驚訝的景象，展現在他面前的是他前所未見的怪事，數十百家的出版社平均分佔著一塊小地方，像菜市場的魚販和肉商一般在販賣他們出版的書籍，比昨日他在書城地下室所獲的印象更為雜亂，沒有情調，沒有嚴肅莊重的氣派，沒有尊重書本，沒有禮待看書人，所看到的是人類冷淡的互相蔑視的行為表現。壁上箭頭指示的三樓從樓梯口起就稍有修飾，可是在這樣的環境毋寧可說還是有點不倫不類使人抱憾。上上下下的人的確很擁擠，卻大都是衣著隨便持著觀看熱鬧態度的青年男女。柯克廉上樓後一眼便看到她坐在辦公室的側面影像，他懷著的探試性的心理使他決定不直接進去見她，整個畫廊的情形像是忙亂的雜貨店模樣，這種情勢使他特殊的心境難以接受；他覺得來的真不是時候，他的蒞臨可能加重她的繁重負擔；他沒有預先打電話而直接跑來實在是很大的不禮貌；但此時他不能因後悔退縮，他準備先進去看看牆壁上吊掛的畫幅，想想是否有兩相其便的機會。這樣的打算是柯克廉在此種情況中特有的性格顯示；他有被重視的心理要求，可是這麼多人，這麼吵雜，他自覺也是個普通的參觀者，看起來那辦公室更充滿了人，工作人員進進出出十分忙碌，他不能容忍自己像是一件此時要她馬上辦理的事物；他要求她有餘裕的心情來迎接他，可是這個時候他知道完全不可能，因此他想最好自己能隱身混在那些進入展覽室看畫的人一樣不被她注意到。但是已經來不及了，她的頭部突然轉向門口這邊來，正好和想閃避的柯克廉對面相視；看來對方只是無意間的轉動而已，既然看到了柯克廉，隨著必有一番反應。她的面孔的特徵的確很吸引人，很足夠給柯克廉印上心惻和愛憐的印象。她的表情是一種祕密的暗示兼招呼的微笑，表面上非常無動於衷，除了在門口外面接受這個反應的柯克廉外，料想在辦公室裡的人不會去注意到她心裡突起的變化。柯克廉也以不使人察覺的態度連續著他的動作，同樣做了相似的笑容，剩下的是在這種默契之後的各自行動；柯克廉左轉兩步已經步入了展覽室，同時也是她再恢復轉頭之前的原先姿態。

檢視剛才的情形委實太像兩個日日時時相見的朋友，但卻較這種關係更具深遠的涵義，差別就在那各自的心裡的一時瞭解。這種久別重逢的第一次見面的方式都不是雙方所預期的。她一定每天都在等著柯克廉的回信，從回信的內容再決定見面的事。要是柯克廉曾有信函給她，並表示來城見她的意思，她必定會選擇一個祕密的地點做私人間能夠在外表上明顯地顯現出情感。可是一切都不是這樣的。柯克廉對這位善良女子的種種猜想自有他的理由不想遵循傳統的樣式，雖然事後覺得對她頗有歉意，但他的行徑竟然獲得意外的滿意成果。她那一瞬間的表情深印在他的心靈中，實在比表面的熱烈迎接更直接地通知他在她心中的重要地位。不知要經過多少關頭和努力才能打開的心扉，沒有料想到會在那頗以為不利的環境裡，卻在一閃之間圓滿地獲得答案。這個答案柯克廉認為與那一封寥寥數字所藏的意思廣泛的信不謀而合；剛才她那不是預先裝扮給他的自然顯示的面孔已經透露出她心裡久藏的苦衷。那麼在這幾年中她一定經歷了不少的人事的變遷，一旦他和她能夠單獨交談，柯克廉就可以完全明瞭。那浮現於臉容的動人影痕，有心人自能感應這一切，對其他人而言則毫無意義；柯克廉的心就在那一刻間被其哀怨的形貌觸痛起來。我們可以想像他在鄉間的小山上已經被空際中傳遞的電流所感應，而形成他行動的靈感；表面上他是來辦理一件久懸未了的私事，實則那件與出版商相打的敗仗並不具有重要性；內心的意志自然地導引神祕的生命欲意走向未完的生存道徑。

一刻鐘之後她悄悄地來到柯克廉的身邊，他已經做了一次全部的流覽，重複的觀看幾個他較熟悉的畫家的作品，探討他們現階段的技法，她找到了他。

——你覺得怎麼樣？她的手在靠近柯克廉時也悄悄地握著他的手。

他能感覺到那是有意地用力緊握他的一隻暖熱的手，自然地給他有一種安慰的熱流傳達到他的心裡。但回握給她的並不那麼富有勁道，在左右都有人走動的地方他總是顯得羞怯一些。但他和她卻很靠近在一起，那兩隻手事實上被兩個身體夾在中間根本不會為人看到。她突然地分離開拉著他走向一個角落，要他觀看牆壁上的幾張特殊的水墨畫。的確在柯克廉看來是殊異而少見的作品，他剛才已經注意到。

——你認為處理得夠簡潔嗎？

——是消極和逃避，柯克廉稱讚地說，實在不錯。他注意畫中的簽名。

——我真有千言萬語要對你說，看到你反而一句話都沒有。她隨著這一句坦白的話後是一聲無可奈何的嘆息。你接到我的信嗎？

——接到。

——你一點都沒有改變，柯克廉。

——真的嗎？

——反覺得你年輕了。

柯克廉注意她較昔日印象更具成熟和認真的面貌，發現那對大而黑的眼睛也較往日更具善解人意。斐梅過去有些年紀輕的急躁，現在卻一點兒也看不到了，完完全全的持重和從容，可是他意會到不快樂的陰影附在她的表情裡，那張端莊的臉施了一層薄薄的白粉，過去她的臉不施粉是呈潔淨的棕色，彷彿是用來遮蓋那層歲月積存的幽暗似的。她馬上轉開迴避他探索的目光。這時柯克廉才看到她那女性的羞怯的本態，她那整個職業婦女的樂觀外表頓然消逝了，她的自救之路是：

——我們離開這裡，她說，我請你吃晚飯。

——不，我請妳。柯克廉說。

——你別來這一套了。她瞪他一眼。

她要柯克廉在這裡再稍等一下，然後她轉身回辦公室去，顯然她要去把畫廊的事務做一番交代。柯克廉的觀感是這不是欣賞美術品的地方，是個廉價販賣場，每幅畫從五百到一千元，所以必須有許多的人員，也顯得異常忙亂，他甚至覺得滑稽，畫廊裡還有賣飲料的櫃台，也兼賣更廉價的攝影照片。他望著她穿著流行的緊身衣褲的離去的背景若有所思，當她又以正面的姿態回來時，柯克廉心中藏匿的幻想消失了，眼前一切充滿了實際；她不是想像中使人傾投其中而陶醉的優美動人的文化的化身，她只是一個具形的穿衣女體，同他所見到之芸芸眾生一樣凡賤。

第四章

經過昨日晚餐的瞭解之後，第二天下午斐梅抽空到柯克廉租宿的小旅店來探望他，對他投宿在這樣簡陋的地方甚表同情。她來的目的是要柯克廉到昨日他們在畫廊討論到的那位怪異的畫家的畫室去參觀；她在昨夜與柯克廉分手後想到這個是否能藉此機會激勵他居住在城裡的興趣；她甚至在那間狹小的旅店房間裡訓示了柯克廉一頓。

——你必須走到這個開放的世界來看看，她理直氣壯地說，起碼我有責任引介你認識一些人。

這種要求柯克廉甚表驚訝，以為她是窺知了他祕密的心事而說的，是他還不能馬上坦然啟口對一個女子要求的。他考慮了她的這種清清楚楚有如命令的話後，用了一句反問式說道：

——妳的意思是不是說要讓一些人也知道我？是不是這樣？

她用一種重新估評他的眼光注視他片刻。

——存在是相對的真理，斐梅說，事情是相同的，你的是一種維護自尊的說法。

她的結論是：

——人總必須攜手合作在一起生活。

現在她似乎有些依據的理由來指評他，或者說她在有些瞭解之後想以朋友的身份來糾正他一些觀念上與世俗的不調諧部份；她認為他的資質很優異，雖然很容易領會一些艱難的問題，可是所處的態度未免太保守太孤獨了。他和斐梅同年紀，但所受的傳統教育她比柯克廉高，可是我們的柯克廉正如她所說的才情很高，是這點天賦受到她的鍾愛。他頷首接受她的這一番勸誘，無疑她表現了一些知識的力量，他答應暫時不馬上準備回到鄉野去。昨日柯克廉見到斐梅後，他的幻想的熱情便開始顯出退祛的現象；他原想在城裡尋回一點舊夢和陳跡，但所見之處都改變得面目全非，因此他們同在一家高尚的餐館吃晚飯時，他表示不願在城裡多逗留，他有經濟不足的顧慮，他坦白地說見到了她似乎已經就算完結了自己的一番心事。他說他應該給她寫回信，事實上他試寫了不下數十封，但每一次試寫都捉不到真正的主旨，信紙上的字顯得詞不達意，所以他來會見她就等於是來回覆那封信。他決定第二天就離開回鄉去，可是斐梅要他考慮明天是否能在她到小旅店見他之後再做決定。有一個晚上的獨自思考是頗為合理的。首先他拒絕，但最後還是接受了這個要求。柯克廉問道：

——白夢蝶先生是不是像他的畫那樣怪？

——答案如何你自己去發現。

從她謎樣的態度中，柯克廉看出她是不肯預先吐露一點消息給他；她安排這件事似乎帶有遊戲的性質，想刺激柯克廉的好奇。既然她不肯說出她的觀點，他只好從別的方面去探索。

——妳和他很熟？

——我和他是很好的朋友。

——從何時開始？

——籌備畫廊的時候。

只有這些，以外的她就不再多說。柯克廉覺得自己很無知，對於城內的畫家連最基本的瞭解都不夠，甚至對斐梅這位極具聰慧的女性也所知有限。此時柯克廉發現她對他的態度根本不是她對任何人的態度；可是她對其他人的態度是什麼，柯克廉並不清楚。他迷惑著她那種詭計圈套的誠懇關懷，從他們見面開始，他發覺對她的評價完全不能適用昔日的尺度，從實際的接觸中感覺到她是一個靈活多面甚至深不可測的形體，而不是想像中的典型樣子。每個人活著的實際狀況都是如此，而想像只是從繁複中抽離片段加以美化。柯克廉由心裡產生出一種恐慌和顫抖；過去他單靠心眼生活猶如處在黑暗裡，所有的人物和事件，都存在於他的固定的邏輯中，他們像木偶在他的意識思想裡呆板地活動；可是實際的世界卻不是這樣，人與事永遠隨時間和空間改變和幻化，要面對這種情況必須用明亮而真實的眼睛去注視，動用所有身體的每一個靈敏的器官，還必須時時覺醒自己的存在；這一切對柯克廉來說是新經驗的誕生，他像一個慌張而膽怯的赤子，有點舉足不前的可憐樣像。從她看著他上車赴白夢蝶先生的公館開始，對柯克廉來說彷彿有一種新意義托附在他身上；但這個新的轉變對他來說是否與他混沌的意志相吻合，此時還未可知；是不是斐梅的一種策略，現在只是一個開端，距離它顯出的效果還很遙遠。但有一樣情形在聯想中是相當真實和有趣的：柯克廉經過她的一番激勵之後，邁著勇敢而好奇的腳步向前進發，我們說這是斐梅媽媽第一次送她的幼稚的小孩出門，要他靠自己的能力走到學校去。

——你的觀感如何，事後我們再討論，她站在車旁對柯克廉這樣說，我會非常重視你的意見。

這就對了，我們心中所迷於的曖昧混沌，最少現在她說了這樣的話而有一點色彩顯現出來，漸漸的它自然會逐步地露出完整的線條，使人從色感和明確無誤的輪廓中辨明形象。

在途中，我們的柯克廉所思非常的混雜無措；他到底要以什麼身份立在對方的面前，這一層斐梅沒有清楚的交代，頗令他猶疑膽寒一番。他回想到年僅七歲的時候，父親送他入學的情形，他的父親摸摸他的頭說：

——小克廉，你要記住我的話，

——是，爸爸。

——在學校你要聽從你的老師，

——是，爸爸。
——上課的時候，端正的坐好。
——是，爸爸。
——少說話，用眼睛看，耳朵聽，知道嗎？
——知道，爸爸。
——那麼你就是爸爸最乖的孩子。

我們的柯克廉生性膽怯，尤其最怕人眾的地方，正與某些人喜歡投入一大堆人的喜樂歡笑相反；他記得他的父親為了鼓勵他上學，曾經軟硬兼施，最後在各種保證之下才勸服他。但是他那處處思慮的曲折性格卻有一點好處，就是使他永遠有種謹慎和維護自尊的態度，這也許就是聰明的斐梅對他多所讚許和可能所資利用之點。

從白夢蝶先生口中的「久仰」兩字似乎可以聽出他已知一些有關柯克廉的事，斐梅早就預先和白夢蝶先生聯絡好他要來拜訪，那麼這件事他們必定有一番討論，是昨夜或者是更早，柯克廉當然不會知道，所談的內容如何他也不清楚。可是從白夢蝶先生接待的態度中可以看出他對柯克廉的重視；柯克廉就是這樣的感覺，因此可以推測白夢蝶先生必非常地相信斐梅對他所做的描述。所以他們兩個人相見都具有對對方的好奇；在這兩個驕傲的人的心中都想把對方當成自己的鏡子，從對照中看出自己。從對方比自己年長許多這一點柯克廉已經第一步感覺出斐梅所暗示的趣味；她說——答案你自己去找，使他處處小心觀察入微。當他走出計程車站在巷道上時，看見眼前一堵特殊的高牆，以及突出牆頂的熱帶樹巨葉，他想像這是一個企圖與鄰居截斷交往的自我獨尊的家庭。崇天的熱帶綠色樹木似乎在城市的住宅庭院裡非常少見，判斷那些樹齡恐怕都有五十或七十年才能長成那種規模，必不是自大陸來台短短二十多年所能造成的，可是那堵牆卻是新砌不久，連帶那座白石的大門，做工都是具有一番特別的設計，一如那進門後所看到的前庭的水池花園都別具風格，石頭也必是從遙遠的山區找來的，雖則有現代的油漆把屋子外表刷新一番，許多地方也看出是經過改良或增建的部份，但自出生到現在都生活在台灣的柯克廉卻異常的熟悉這種地方是過去日據時代高官所住的雅緻而舒適的府邸。那麼這位五十多歲年紀的白夢蝶先生來台時必定有過當官的經歷，才會有可能分配到這樣的一幢屋子，而且必不是泛泛之輩所可能享受的那種幸運，而他個人的家資一定又將它增飾得益為美侖美奐。總之，舊時的建材都被換掉了，但主人並沒有將它那優美的形式完全鏟除，他還很喜歡那種高出地面幾尺的地板，柯克廉一時看不到正廳的門戶設在那裡，白夢蝶先生直接領他經過水池旁邊的細石小道，踏上幾級石階，打開落地玻璃窗門引進屬於他個人的長形的畫室。這樣的地方頗令貧窮的柯克廉在心裡暗暗稱慕；他有點嫉妒但並不具有敵意。要是換另外一個人也許就沒有柯克廉那種寬容的冷靜。他注視白夢蝶先生的相貌時，幾乎帶著欣賞的態度；的確對方是個講究穿著的漂亮人物，臉上猶有青春的氣息，身體健康，腳步很踏實；唯一的缺憾是幾顆在說話時不能隱蔽的獰牙。這一點只使柯克廉在事後才想到白夢蝶先生的性格的某些象徵，在當時他則非常喜歡他的瀟灑姿容和談勁。

——實在幸會，斐梅已不止一次談到你，我覺得這是緣份。

這句話的後面兩個字頗使柯克廉詫異，思索了片刻，他看柯克廉突現沉默沒有應答，再說——我的宗教信仰是佛，這才使柯克廉領悟過來，而應聲點頭說——當然。

當他問柯克廉：

——要茶或咖啡，

而柯克廉說——茶，

他接著說——那麼你隨意看看，自一扇門走開時，柯克廉才有單獨的時間繞走畫室仔細地觀察。

他的腦中馬上有著一個明顯的觀察結果：地板上擺著一大堆擁擠的現代造形雕塑品；牆壁上掛滿排列整齊的油畫；角落的一張長板桌堆集著金石用的木塊和石頭；而柯克廉聯想到斐梅畫廊的水墨畫，這許多不同的形式和材料似乎可以說明白夢蝶先生在美術創作上的野心。當白夢蝶先生令人感動地手端著兩杯茶回到畫室，與柯克廉同坐在沙發裡聊談時說：——我曾印過一本詩集，幾乎使柯克廉感到有點不能承受。豐富的數量使柯克廉完全不瞭解這樣一個人的存在意義。他想白夢蝶先生是多種類型的集合體；他一個人可以代表許多現代社會需要的專才。唯一可以鑑別他不是一個專才的來由是呈現在眼前的這些東西都是平凡而缺乏創意的，只有斐梅畫廊裡的水墨畫能引人興趣，讓人產生對畫者猜度的好奇，是千篇一律地說明著一個特殊的心境。他沒有讀過白夢蝶先生寫的詩句，但可以想像他不再寫詩必定是居於一個理由：未受批評界的注意；雕塑和油畫沒有展出也必定有種不滿意的自覺；唯一可稱道的水墨畫也沒有藝術的濃厚成份，那麼白夢蝶先生多方選擇必定是非常不能順遂他原本的現實之夢，因此顯露自我清高的性格。

他自我表白說要不是斐梅他不會把水墨畫掛在那種地方做廉價的賣出，這等於說明要不是斐梅他也不會接待像柯克廉這樣的一個人，因為他隨即表明他已經甚少和外界的人際做廣泛的來往，只有少數的畫家有時為了籌辦畫展前來商議而已。關於水墨他自稱他的源淵已經很久，經過一段細筆的臨摹階段，一大卷篇幅不大的習作拿出來給柯克廉過目做為證據。此時柯克廉心裡突然浮起一種幻覺，意識著斐梅在他們兩個人中的居中地位。有許多事他不能明瞭，關於白夢蝶先生的真實身世和家庭生活的狀況，他不能冒昧地直接詢問他，只能在以後與斐梅再做討論。

有關藝術的問題雙方都謹慎地只談到一點觀念上的事，柯克廉覺得他不是純粹的藝術家當然有點失望，事實上要在城裡尋找那種驚人和感動肺腑的純粹恐怕不很容易。像白夢蝶先生充其量只能算是愛好風雅的高尚人物，十分肯定的宗教信仰已不能令他產生蓬勃的追求意志，他的工作性質其實是宿命意識下的一種排遣，他所處理的和表現的當然比年輕的一輩具有自覺和偽裝的成份。總之，藝術這門東西在這個城市裡它的價值的討論是非常含混的，根本難以釐定標準；在斐梅的畫廊裡充滿著向現實投靠以取悅觀眾的趨勢，把藝術的無能的責任歸咎在大眾低俗的鑑賞標準，因此價值的高低決定在觀眾數量的多寡，有點無知矇騙無知的默契。因此可以想像畫家們的表面的團結，是想用他們集體的行動來引誘和說服一般人搖擺不定的欣賞心理；因此就有羣體的連合，配合著宣傳而達到解放他們的苦悶心境的企圖；這種結果根本不能找到藝術本身的真理，只能使畫家滿足做為明星的慾望。但從白夢蝶先生的秉性裡似乎比誰都具有瞭解它的短暫性的命運，當這個城市本身不能藉社會政治的理性產生自我的文化而處處受到外面世界的價值擺佈時，所有的奇花異草便不能受到特別的培植和愛護，甚至被懷疑而遭到冷落和鏟除；就是身為文化工作的藝術家在他們的理念中何去何從，亦在仰仗世界的氣象報告行事，已喪失自信心和保持自身的感性；他們可能是穿著劇中人物衣裳的舞台演員，而不是真實的人物。在我們的柯克廉的眼中，白夢蝶先生似乎在玩耍著他死前的排遣遊戲，他的思想中除了他所認定的宗教的空無外，似乎再沒有其他的精神存在。

雖然如此，眼前他所擁有的一切卻頗使他在比較中感到自足，柯克廉很注意他整潔的外表，以及健康的膚色所代表著的現實的希望，他一定都在時時準備著迎接現實所能給他的機會。他所談論的宗教，他信仰的佛，他認為人生如夢，這些是他的人生經歷的必然的結論，亦是他擁有的一種智慧，可留為諸事的後退之路而產生安慰作用。像他這種年紀猶顯露著清朗的性格，使人覺得他是個可愛的人。柯克廉心裡早先對他猜測的魅魑影像是完全不真實的；他最迷人之處是他的自抑和謹慎而又不失爽朗；譬如他談到現在的經濟政策，就猶如他現在身處部長的地位；譬如他談身體運動，他說：

——拿鋤頭比握高爾夫球桿有趣又有益。

憑著這點已經鼓起柯克廉想要去擁抱他；看來白夢蝶先生對現實界的關心一定淵源很遠，關於這方面的批評言論其正確性比討論藝術問題更能引發柯克廉的注意。這是不是也是使斐梅喜歡他的原因？柯克廉想：當然還有遠比這個更複雜的因素在他們的交往裡存在。也許白夢蝶先生最為動人之處恐怕是他的人生原則的實踐，對他有利的諸種行事準則必定跡跡可循。現在柯克廉還不能僅憑這一次的晤談就完全掌握到全部的瞭解，他也不能預測將來是否還有機會再與他單獨碰面。他可以從對方暗藏的冷蔑裡感覺到這一點。無疑這樣的人物依然還有傳統的階級的觀念存在，對方常顯露出一種距離來審視柯克廉，他的「緣份」的說法並不帶有濃厚的友誼成份，只是用來造成交談的親切。柯克廉與他的關係如何發展完全操在另一個人的手中，白夢蝶先生問道：

——你想現在斐梅是不是還在畫廊？

——也許，柯克廉感覺到他和白夢蝶先生的交談已近尾聲，他加上一句：

——我不能確知。

——我打個電話過去看看。

他再度留柯克廉單獨在畫室裡，使柯克廉有機會站起來走到窗邊觀看那個前院的水池花園，這一次他注意到牆角的陰暗處有一塊浮雕安設在那裡，隱約地凸浮出兩個少女的坐姿，他進來時沒有注意是因為陽光的強烈暗影和附近的石頭把它遮蔽了，此刻已是接近黃昏，天空還很亮但沒有直射的陽光，那塊浮雕在那些周圍的石頭的綠苔襯托中顯現出來了，模樣是兩個憂鬱的少女，柯克廉憑肉眼以為是技巧不很高明所致，他沒有再多做以外的想像。白夢蝶先生約離去了一刻鐘，他已經換穿了有一件方格的深色外套，備顯出他的翩翩風度，臉上也配戴一副白金框架的眼鏡。

——我請你到外面吃晚飯。

他站到柯克廉的身邊來，似乎想知道柯克廉所視何物。柯克廉有些受寵若驚地回答：

——好。他想有斐梅在一起更好。

——她在畫廊嗎？

——她在那裡。

——她和我們一起吃飯嗎？

——她要，但她在那裡等候一位朋友。

——那麼。柯克廉又有點舉足無措。

——現在我們就到畫廊去會合她。

——很好。柯克廉才感到釋懷。

他們步出畫室來到水池花園的細石道，柯克廉終於看出那個水池的設計是特別為什麼而做的；他對那座浮雕上的兩個少女的模樣現在看得較清晰，回頭瞥望到戴眼鏡的白夢蝶先生的側面使他有了感觸；白夢蝶先生有一種老態是剛才沒有發現的，沉默中的他與那兩位少女的愁容似有密切的關連。

第五章

柯克廉乘坐白夢蝶先生駕駛的德牌白色轎車行駛在街道時天空已呈灰暗，燈光的開放漸漸的取代白天的日光，城市已進入了它多姿多彩的夜晚。這裡要補充一說的是：我們的柯克廉在進入和離開白夢蝶的寓所時，前後有一位身材矮小態度機警的老太婆出現，她的銳利的眼光使他在事後知道她是什麼身份時印象備覺深刻；在當時柯克廉沒有太大的留意是她的穿著和面容都令他誤以為是個女傭人，再加上白夢蝶先生未對他介紹；事隔幾天，柯克廉才由斐梅口中獲知她原來就是白夢蝶先生青梅竹馬的妻子，他今日猶留得青山在完全要歸功於這位相貌平庸的賢妻。畫廊的燈光明亮，斐梅身為畫廊的經理，她的模樣和態度從任何角度看來都很令人心服。她不是屬於美麗的女人，卻有一種實在感使人傾心於她，視她為指揮四周人事的靈魂人物。她接待白夢蝶先生的慇懃是把他視為長輩，柯克廉具有很好的神經來感覺這種人際關係的表現；但他並不計較這有什麼用意，斐梅在公眾面前對他就比較冷淡，採用隨時找機會用暗示的方式讓他瞭解她的用心；事實上他樂意站在一旁做觀察者，他身處在這種環境還是一個陌生人的身份，還沒有混熟，他的快樂是屬於觀察而不是參與，他的心是冷的；現在他倒有點全心全意期盼晚餐的來臨，而不是站在那裡聽他們說話，可是斐梅在他們走進畫廊時便說：

——非常對不起，她是對白夢蝶先生解釋的，我的那位朋友還沒有來。他原定六點鐘到這裡來，現在已經六點多了，我再打電話過去問一問，也許他已經出來了。

她打電話時看不出她有任何焦急的心情，她的一舉一動都有人在注視她，辦公室本來很吵雜，有一些人員進進出出來請示一些事情，現在所有的人都靜下來聽她打電話。她說出那位她在等候的朋友的名字，她放下話筒說：

——他已經出門來了，大概馬上會到。

她終於有一個機會站在柯克廉旁邊小聲地問他和白夢蝶先生在畫室交談的情形。

——很愉快，柯克廉說。他知道在此時不可能詳談，但這樣說可以給她概括的瞭解，那麼她便能在心裡做出安排。

然後她繼續回答那些人員的詢問，再陪白夢蝶先生到畫廊走一遍，一面對他報告賣畫的成績。柯克廉留在辦公室和幾個人寒暄。他到洗手間去，回來時斐梅和白夢蝶先生已經在辦公室，那時為了等候那位朋友，有幾分鐘的沉悶感覺。柯克廉依靠桌子站著，傾聽斐梅對白夢蝶先生述說畫廊的一些計劃，他的眼光正好朝向門口的樓梯，這時他看到有一個不平凡的頭顱升上來，他被那張未見過的特殊的臉吸引住，他細加審視，感覺那是一個多種混合的表情的面孔，謙虛裡帶有自負的成份。那位漸漸走上來的人蓄留長髮，臉面修飾得很光潔，年紀看來很輕，態度卻很沉著從容，有點浪漫的氣質，但卻穿著很考究的整套藍色西服，結一條紅色領帶，他走上樓梯大步跨進辦公室，手裡攜著一隻沉重的黑皮提箱，他朝斐梅的身背呼叫：

——斐梅，

斐梅迅速轉過身來。

——曹林，你怎麼搞的？

他發現辦公室一大堆人都有等候的姿態，於是他機警地不容誰先說，很堅定地搶著道歉：

——非常對不起，我來晚了。

柯克廉再度被他那有趣的表情迷惑，發現斐梅以不耐和譴責的眼光看他一眼時，他那尷尬的表情則更顯得可愛萬分。從這一點斷定這位青年和斐梅必是很相知的朋友。隨即斐梅把他介紹給白夢蝶先生，然後才是柯克廉。

——久仰大名，他用力地握著柯克廉的手。

所謂「久仰大名」實在是一句無足為奇的社交的客套語。其實這位曹林的確早就聽到斐梅對他談起柯克廉，而柯克廉在畫廊認識他之前斐梅卻還沒有對他說到她有這樣一位特殊又不平凡的朋友，就是白夢蝶先生在這種時候也覺得頗感意外。原因是這位曹林的外表所給人的第一個印象不是此間的任何人物可比；他含蓄的表情代表著博學，剛才的禮貌很令人欣賞，落落大方而不失斯文，是誰都會對他有點迷醉，加上斐梅這樣的介紹：

——這一次他應科學會邀請回來是想在國內做點事情……

然後知道他從美國回來只不過是一個月前的事；他在美國獲得博士學位，現在身負的工作除了在大學兼課外，主要的任務是組織一個人文與社會的協會；這個協會將辦一本雜誌，刊登人文科學的論文和做社會的調查報告；在文藝界中他還沒有任何深交的朋友，除了斐梅，斐梅是他目前一切的依靠。

——我們可以走了吧？白夢蝶先生問斐梅。

——那麼就一齊去。斐梅說，曹林，我們一齊去吃飯。

曹林頗感驚奇，但他的反應很快。

——很好，當然一齊去，他說。

顯然斐梅也沒有預先告訴他在這裡會遇見白夢蝶先生和柯克廉兩人。情形可能是這樣的：當曹林和斐梅約定六點鐘在畫廊見面的時候，白夢蝶先生和柯克廉在他的畫室交談還沒有決定打電話邀請斐梅一起吃晚飯；斐梅雖然知道柯克廉在白夢蝶先生的畫室，這件事又是她主催柯克廉前往的，但她也沒有預想到白夢蝶先生會打電話過來邀她；她只吩咐柯克廉拜訪白夢蝶先生之後打電話給她，如遇她不在那麼明天早晨她就到小旅店去見他；因此這個即將來臨的晚餐，他們四個人完全是一種巧合地碰在一起，迴避已經來不及，完全是臨時的決定，但中心點卻在斐梅身上；關鍵在斐梅接到白夢蝶先生的電話時，如若她說有另外的事拒絕的話；可是她如何能拒絕？她派去的柯克廉正在他那裡，她不能不關照他，而今晚她早先已和曹林約好要和他談論眼前進行的事，非常重要；就在那一頃間，她心裡一定掠過一絲微笑；這是一個難得的機會，難得自覺如此重要；這種機會不會再來，此時應該讓他們碰面相識；不論後果如何，這是她最為榮耀的時候；猶如三星伴月的形勢，這是一次最為宿命的會合；除斐梅外，三個男人之間都在這之前互不相識，代表著三種身份，完全有著平等的地位，所顯露出來的三種面貌都代表著各自的性格，他們都具有那種天生的互別苗頭的光輝。這對斐梅來說是一次頗富趣味的經驗；她自己沒有預先的準備，況且她在工作之中根本不會有時間來加以設計，也沒有時間回家換衣服，她看出大家都有坦誠相見的意願。最為喜悅的是柯克廉，他最有閒情逸致的心情來享受這種時機的意義，他內心最雀躍而又最冷靜來做一番觀察，視情況而定他可以退出，也可以依情勢而挺身出來，也唯有在這樣的機會裡能看到斐梅的表現，藉著那另外兩個重要人物的在場對她加以瞭解和評價。

——我們到那裡去吃飯？斐梅徵求白夢蝶先生的意見。
——妳說那裡好？白夢蝶先生注視著她。
斐梅轉而去問曹林。
——你認為那裡較好。
——我沒有意見，他輕鬆地說，還可以看到他興奮的表情留在臉上。
斐梅沒有問柯克廉的意見，因為他根本不明瞭城市餐館的情形，所以她回過頭來對白夢蝶先生說：
——龍鳳館如何？
——四川菜，好。他同意了。
每個人都知道斐梅是在四川出生的四川人。
——你能吃四川菜嗎？這一次她轉來問柯克廉。
——可以。其實柯克廉沒有選擇的餘地，他沒有經驗，他不明瞭四川菜的特色是什麼，只有贊同。
斐梅看他們三個人都同意了她的意見，隨著和白夢蝶先生商議地點的問題。依柯克廉想像，定名為「龍鳳館」的四川菜餐廳在城裡一定有好幾個分店。除了曹林和柯克廉外，斐梅和白夢蝶先生一定非常有見識，最後決定到南京西路斐梅較熟的那一家去。
他們同坐白夢蝶先生的那部小車前往，夜晚中燈光明亮的城市的確有一種迷戀的美麗，只為了吃一頓飯而有如許的隆重心情，對柯克廉來說是前所未有的一次奇妙的經驗，使他喟嘆在鄉村生活的簡陋和孤寂。他和曹林坐在後面快樂的傾談。曹林如此年輕而有如許成就不禁令人羨慕，他這次回來充滿信心，有著要好好幹的計劃。柯克廉看到他這般地充滿朝氣，與自己怠忽的日子相比深覺萬分慚愧；他羨慕曹林的機會，稱讚他的成就，祝福他的未來；總之曹林所顯現於外的一切都足夠令柯克廉自嘆不如。途中氣氛輕鬆，專心駕駛的白夢蝶先生保持沉默，斐梅坐在他的右側時時轉回頭來嘲諷曹林對她所開的小玩笑，他們兩個人的親熱有如同家的姐弟。在餐館裡變成白夢蝶先生和曹林很有話說；當曹林回答出白夢蝶先生問道他的父親是誰時，他們變得熱絡了起來。

——過去我們相識過，白夢蝶先生說，他現在如何？

——還好，曹林說，我在美國讀書時常去紐約見他。

——你母親還在這裡嗎？

——是的，我回來也可以說是陪她。

——你年紀最小，上面還有一個哥哥。

——我還有一位妹妹。曹林說。

白夢蝶先生點點頭，突然低下頭來思索一陣。柯克廉注意他只有在沉默時才稍顯得有點老態，當他說話時臉色很飛揚和光采；此時他低頭或許有些懷舊的心情，他一定沒有料想到在今晚會和一位老友的兒子碰面一起用餐，這種情形與其說使人興奮，不如說有點感傷而令人同情。柯克廉望著對面的斐梅，覺得她聽到他們兩人的對談後也像是頗有感觸，眼睛平視和冷默地注視柯克廉。侍者遞菜單給每一個人看，首先大家一致表示每人點一樣菜，那侍者問：

——喝不喝酒？

——我不能喝酒，白夢蝶先生說。

——我可以喝一點，曹林說。

柯克廉表示能喝，而且非常喜歡喝。

斐梅綜合他們的意見，認為應該請裡面的大師傅出來為他們配菜，侍者轉回裡面請了大師傅出來，那人對斐梅稱道：

——妳好，斐小姐。顯然大師傅認識斐梅。

——好，羅大師傅，斐梅說。

——吃飯還是吃餅？羅大師傅問道。

——吃餅。白夢蝶先生主張吃餅。

——吃餅，斐梅對羅大師傅說。

——喝酒嗎？羅大師傅說，他將斐梅說的一一記在他手中拿的小白紙簿。

——喝，斐梅說，她問柯克廉要什麼酒。

——白葡萄酒，柯克廉說。

——白葡萄酒，她對羅大師傅說。

——冰好的還是加冰塊？羅大師傅又問。

——加冰塊好了。斐梅說。

於是羅大師傅根據這些資料開始口中唸出幾道菜名來，斐梅一一表示同意後，他才記在紙上。這些經過的程序在柯克廉眼中顯得十分的動人。斐梅那種大家閨秀的風度是柯克廉第一次在這家餐廳見到的；他曾和她在昨天一同吃飯，只有他們兩個人，她帶他到一家設備優雅的安靜小餐館，在那裡她沒有顯示這套本領來。再追憶幾年前他們共事時，也有幾次的共餐機會，她在那時卻表示喜歡到巷子裡的攤子吃米粉。因此可見她的適應彈性實在令人佩服。現在這頓晚餐很令每個人都覺滿意，菜餚並不豐盛，卻十分可口，燒餅夾牛肉片甜淡均勻，是頗富實在的一種吃法。席間當然喝酒最多的是柯克廉；曹林喝酒後臉頰泛紅，備覺英俊可愛；白夢蝶先生和斐梅也各喝了四分之一杯。在這種時候個人平時把持的理念最為薄弱，卻能顯示羣體的和諧和快樂。

柯克廉覺得溫飽和舒服，稍事把身體向後挺直，他發現他們慢嚼細咬顯得十分沉默，尤其戴著眼鏡的白夢蝶先生似乎有點頹喪的神情，他一定在思考著什麼，那種態度絕不是低下頭來傾聽鄰座間聲浪鼎沸的笑話；的確這家餐館十分寬大，容納的客人非常多，因此滿室喧嘩有如熱鬧的賽會，這四個人的溫文風度與全室的粗獷隨便恰成對比；柯克廉想吃食一事對那些人來說正是生活的一種高潮表現，是強烈的慾望，也是他們唯一文明的象徵，當然顯示著過份的強調和很自然地露出滿足的面目。白夢蝶先生看來當然不屑去注意聽他們說什麼話。事後柯克廉回憶這頓晚餐的情景，深深地覺得白夢蝶先生一度頗為沉默的表情使他認為在那晚他是唯一受人敬愛著的人；他一定深覺自己已沒有什麼指望，面對年輕有為的曹林，則更加顯現這悲哀的象徵；他注視斐梅的眼光頗為淡默，甚至絕少正視她；他也甚少抬頭注視柯克廉，經過長長一下午的談話，現在只和他說些十分冷淡的話；唯獨對曹林頗有父輩的意味，曹林在說到他的少許經歷和抱負時，他很專注地傾聽，想在其中給予適當的糾正；他認為曹林過份的自信和天真而打斷他和他爭論起來；他露了一點寶貴經驗意圖阻止曹林。可是掩蓋過來的吵雜聲浪常常讓他只道出一部份就被迫停止。當白夢蝶先生表示想換另一個地方去喝咖啡時，柯克廉以為這像是他的熱情在一陣沉寂中又復回生，目的也許是要發表他的經驗的無誤的理論。

離開「龍鳳館」白夢蝶先生的車子朝城市的另一個部份駛去，走進仁愛路鴻霖大樓的地下室，柯克廉才明白選擇這裡的理由；他們曾經提出幾個地方，也考慮到咖啡價錢的問題，終於決定「鴻霖」主要是它的最最高尚的氣氛。地下室的牆壁一律嵌著黑石鏡片，有一位鋼琴師在角落彈琴做陪襯，不像一般放唱片的低俗場所音響太重，這裡的客人看來大都是懂得情調的紳士和女士，男性的服務生異常彬彬有禮，咖啡一杯四十塊錢正好比一般的貴一倍。在這種地方談話聲不會傳開到四周，柯克廉很清晰地聽到白夢蝶先生和曹林的交談，卻聽不到有鄰桌的聲音飛來干擾，他和斐梅談話時亦不會和另兩個人的熱烈爭論互相妨礙。

這個時候他和斐梅是左右的鄰座，另兩個人為便於討論也是如此。在開始時他瞭解了他們兩個人是一種長幼的對峙形勢，注意了他們爭辯的重點之後，那些細節便因轉來和斐梅交談而忽略了。柯克廉只有在停下來喝一口咖啡時重聽他們兩人的話語，他很為他們那種鍥而不捨的談話所感動，大致上白夢蝶先生把對方看成他年輕時的模樣，譬如他說到自已時稱：

——我是那時全國最年輕的縣長，大學畢業我就回到福建的家鄉來辦理政務。

曹林便以這樣的話來和他較量：

——我不管情勢是否看好或看不好，大目標已經決定，我只有回國一途。

柯克廉聽到這種豪壯的話後，自覺根本無法在這種事上加進去做比較；他們的大志固然使人感動，但他心中有數，只能保持沉默。

——你今後做何打算？斐梅問他。

——我只能想到一些微不足道的事，柯克廉說。

——你如何處置在城裡的生活？

——我想找一個工作做，另一方面我還要繼續寫作。

——我真的希望你留在城裡，斐梅注視著他；她把手悄悄地由桌邊伸過來握住柯克廉的手。你會嗎？

——我答應妳，柯克廉輕聲地說。

突然白夢蝶先生和曹林中止了辯論，把視線朝向柯克廉，這並不是說他們看到了什麼驚奇的事，而是有問題想問柯克廉。他恢復端正的坐姿等待著。

——請你不要見怪，我們有一個問題想問你，曹林口音清晰地說。

——那類的問題？柯克廉謹慎地聽著。

——你們台灣人對外省人的觀感如何？白夢蝶先生說。

柯克廉冷思片刻，他發覺他們包括斐梅都直望他，靜候他的回答。他感到恐慌和猶疑，這樣的問題他從來沒有認真地想過，要他發表意見顯見十分困難，唯一的逃脫妙計是這樣回答：

——或許最好你們能先說到底外省人對台灣人有什麼觀感。

他感覺斐梅的手又回來握著他的手時深深獲得一陣安慰和輕鬆；曹林或白夢蝶先生也沒有回答他的反問；他們放棄了，這個問題似乎誰也不會先發表出來；他們的爭論也終告一段落，剩留在杯底的咖啡也冷掉了，嘗起來覺得一陣心寒和厭惡。

第六章

斐梅在早晨九點鐘到小旅店來時，柯克廉已經早就起床到外面的巷口吃了豆漿回來又準備外出，他們沒有錯會實在非常幸運，都為這一點感到特別的高興，要是她晚來一步，或者他早出一步，那麼情形都可能影響到將來的一切決定。柯克廉沒有想到斐梅會早來，倒是他心想在中午的時候到畫廊去，邀她到一家幽靜的小餐館吃午飯做必要的交談。他會早起又準備外出表示他心裡在昨夜回到小旅店時已經有了初步的決定；昨夜他們在鴻霖大樓前分手時，柯克廉是單獨步行回來的，其他三個人卻是坐著白夢蝶先生的小轎車一同離去；在大樓的走廊柯克廉聽到白夢蝶先生要送斐梅到家，斐梅曾問柯克廉怎樣走，他回答他想一個人散步回小旅店，在那時並沒有考慮距離遠近的問題，只是深感一整天與人交際覺得到那個時候已經十分厭膩了，所以很坦白地把心裡的意思告訴斐梅。當然曹林與白夢蝶先生也聽到，於是他們三人就上車，柯克廉站在人行道上和他們揮手作別，望著那部車子轉進一條巷子消失；夜已很深，那段路面並不太明亮，許多樓房都已關了燈光，他未能清楚看到他們上車後的表情，只模糊的看到後座的斐梅在車子離開後轉頭回望，可是她的臉部有玻璃的間隔呈現一片灰暗，柯克廉又舉起手臂揮動一下，然後順著往城門的方向走去。剩下他一個人呼吸著夜裡的寒氣，頓時感覺清醒愉快，今天所經歷的影像就像倒退的底片出現他的腦際，包括斐梅私下握他的手的那一種溫慰的感覺都在這夜闌人靜的好時候重新回味。他想到今天去拜訪白夢蝶先生，又在畫廊巧遇曹林，這不外是他在城裡生活的一個序幕而已，憑著他自己的能力恐怕與他們很難維繫很深而親密的友誼。對柯克廉來說，與他們交朋友的確可以學到某些優美的知識，可以看到他想看而看不到的世界；他們是屬於與他的過往生活不相同的階層，雖然現在已沒有階級的明顯分別，但在知識學問、籍貫和財富上都仍然可以意識到區別，對他們而言，未必高興有柯克廉這樣的朋友。問題是斐梅的存在，她是一個三角洲，使數條水流在此會合；不言而喻，斐梅是他們圈中的軸心，她是一個關鍵的人物，一位風流倜儻的女子，她對柯克廉而言比誰都更具有意義和作用。這樣的思想著使他產生兩個基本的問題：一個是他本身有什麼優點配得她的特別的垂愛；另一個是她到底是怎樣的一個人，她是不是他理念中的白馬的化身，是不是他心目中的理想戀人？她來時便直接問他道：

——你找到答案了嗎？

——妳雖給我指出了一條路，柯克廉坦白地回答說，但我至今還是像個初生的嬰孩，視覺距離很有限，猶如瞎子摸象。

他的聰明而具誠實的話當然使她要另眼看他了。

——那麼你這麼早起床到底要做什麼？她掛著動人的微笑再問，我以為你昨天晚睡一定還在床被裡，我來還以為可以鑽進裡面感覺你的夢境。

——妳可不是起床的比我早嗎？

——我在一天裡要做的事很多，如何能不早起。

——到底有多少事是妳一天中要做的？

——你應該有這個想像力，柯克廉。

——我沒有。

——假如你有的話，就省得我再對你敘述了。

——我現在還沒有這個想像力。

——你的意思是說你還不清楚？

——正是，柯克廉說。

——你得先告訴我，柯克廉。斐梅認真地說。你準備外出到那裡？

——這個我有必要說嗎？柯克廉說。

——有必要，斐梅依然很認真地說，絕對有必要。

——我實在告訴妳，柯克廉說，妳要我留在城裡，我就應該打算去找一份工作做。

——那麼我早來是對的了。斐梅眉梢飛舞著說，慶幸她能趕在柯克廉外出之前到達。

柯克廉站在窗邊詳加對她注視，她坐在沙發裡，有著和昨天不一樣的穿著，煥發出動人的姿容，閃著大而黑的眼睛回望他。他重新遇見她，今天是第三天，她有三種不同的表現出現在他的面前，尤其是這第三次，似乎特別令柯克廉迷惑和興奮。

——我洗耳恭聽，斐梅。柯克廉擺出等著一個驚人的消息的態度。

——我每天早晨陪伴著父親步行一段路到他辦公的地方去，

柯克廉聚精會神地聽著，他聯想到自己的父親，但他已不在人世。

——他是個誠實而篤行有素的公務員，

柯克廉想她這種年紀不是會說謊就是有資格這樣對她的父親評價。

——忠於黨國，斐梅語重心長地說。

這點足令柯克廉感動。

——但年事已高，再過幾年就要辦理退休。

——妳就是想告訴我這件私事？

他的打岔使她有點惱怒，以為柯克廉想譏諷她。但她非常不高興地瞪著他時，他還是站在窗邊微笑。

——你實在還不知道我為你用了苦心。

——對不起，柯克廉道歉說，妳要知道我今天早起使我的精神很好。

——你剛才的承諾呢？

——我做了什麼承諾？

——你的記性真不好，柯克廉。

她的嘆息使他有些醒悟。

——好，我等妳說完。

——你真令我失望，柯克廉。

她還是不肯罷休，顯出受辱的急亂樣子。

——我沒有成心打斷妳的意思，柯克廉解釋說，我今天興致很好，我做了決定，所以有點任性。

——如果是這樣，她恢復鎮靜地說，我真祈望你沒有這種興致。

——的確，我的興致好並不常有。

——那麼你為什麼興致好？

——這是我的祕密，柯克廉說。

斐梅站起來，走到柯克廉面前，把手搭在他的肩膀上，她以命令的口吻說：

——此時，柯克廉，你不能有祕密。

——妳不要誤會，這是我私人的靈感，與任何人無涉。

——是什麼靈感？斐梅直望他的眼睛。

——現在還不能告訴妳。

——為什麼？

——天機不可洩漏。

——你在玩什麼把戲，柯克廉？

——沒有把戲，柯克廉鎮定地說。我說的是屬於我生命的一種躍動。

——你還是清清楚楚的告訴我。

——那是一種突然的預感，柯克廉說，我還沒有把握之前如何告訴妳？

——那麼總有一天會告訴我罷？斐梅把手從他的肩上放下來。

——當然，柯克廉鬆了一口氣，有一天不用我親自告訴妳，妳亦會終於明白。

她回到沙發坐下，有點懈怠的表情，沉默和思索片刻，再抬起頭來注視他，重新振作，正經地說道：

——你要去找什麼工作，柯克廉？

——我可以當家庭教師，教小學生。

她顯出驚異的表情望著他片刻，似乎不太相信對方說的話。

——教什麼名堂？

——鋼琴。柯克廉說。

——我不知道你會彈鋼琴。

——我曾學過二、三年。

——想成為鋼琴家？

——那時有這個幻想。

——你的確有數不完的幻想，柯克廉。

——不錯，柯克廉說，我是如此愛好幻想，其中充滿了希望和絕望，快樂和悲傷。

——你對我也幻想嗎？

——包括妳在內，斐梅，柯克廉說。

——那麼你要知道我為什麼叫斐梅嗎？

——請妳說下去剛才未完的故事，柯克廉說，我保證不再無理取鬧。

她說父親在抗戰的時候是位小隊長，母親是隊員，他們的連隊駐寨在一座叫梅山的山腳下的大學裡，晚上他和她約好到梅山上見面，當她有身孕時他們便說好為孩子取名，如果是男的就叫做斐梅山，如果是女的就叫斐梅。

——父親從小疼我，現在十分信任我。斐梅說，她的表情有些羞怯，又有點得意，她甚至連頭都不敢抬起來看他。

——的確是如此，她抬頭望柯克廉。

他想到多年前初識斐梅曾有一次機會見過她的父母親，她的母親是個很漂亮的女人，臉上帶著堅毅的表情，與斐梅站在一起就像是一對姐妹，這種印象至今猶留在他的記憶裡不忘。據斐梅說，政府遷來台灣的時候，她的父親未能及時回四川帶領家眷，把母親和另二位弟弟留在那裡，經過許多折磨和苦難，母子四個人才輾轉來到香港，最後才和台灣的父親取得聯絡接來重聚。

——妳的母親現在如何？柯克廉問道。

——還好，斐梅說，不過年紀大了，身體不太健康，這是我陪父親走路上班的理由。

柯克廉想即是一個孝女必有令人喜愛之處，這和家庭必有一種風範的傳統有關係。那就是忠誠和仁厚的美德，正如她所說的，父親一生獻身於黨國，至今猶兩袖清風，現在依然領薪過日子，家裡除一幢房子外，沒有任何的積蓄，生活很節儉和樸素。

——在四川的老家有一個大莊院，她回憶著說，做小孩的時候我總是和男孩子一樣自由的玩耍，現在卻感覺到處處有多不方便之處。

這使她現在無法展現她的秉賦的才能。柯克廉猜測她今早過來一定有重大的消息要告訴他，況且她來就阻止他外出也必有理由，知道他準備留城想找一份工作做時，高興地說那句早來是對的話，其理已經甚為明白，只是柯克廉還不知道她要告訴他什麼！她所道出的家世事蹟當然具有一種啟示，要他對她有所信賴和瞭解。但由她口中說出來柯克廉卻聽出一種傷痛的意味，當她沉默凝思的時候它彌留在空際裡，不禁令柯克廉有種疑竇，據他想生命潛藏的運命的憂鬱往往與眼見或聽見的世界左右其道，譬如她性喜助人，有好善樂施的豪邁性格，這一點來自血的遺傳放在一個拘限的環境裡就有不能發揮這種好秉性的地方，並且自己也有許多不能依性而為的私人問題不能獲得解決。此刻已過了柯克廉本來要去辦事的時間，但聽她的自述卻覺頗有益處；她的故事就像是她來的目的前奏，這時正該是話入主題的時候。柯克廉從外套袋子裡掏出香煙，從一直靠站的窗邊走到沙發來，與斐梅中間隔著一張小茶几。他從熱水瓶倒出二杯開水，自她進來後，他們的話鋒很盛，他也無暇來關照這類事，現在她述完故事，有點激動的情緒漸漸在沉靜中恢復平穩。她的神情在柯克廉為她倒開水時一直保持著凝思的狀態，他懷疑她是否在說後懊悔。

——好了，斐梅，眼前的一條路我們是必要走下去不可。柯克廉伸過一隻手握住她的肩膀，覺得它豐腴和結實。

——讓我聽聽妳的意見。

——難道你還不明白嗎？

——請妳說出來，斐梅。

——但你不能再反對。

——我有選擇的餘地嗎？柯克廉說。

——當然你有選擇的權力。斐梅說。

——這樣才算合理。

——我從來不做不合理的事，斐梅認真地說，或許有時有不合理的要求，但我一定尊重你，這就是我要你先瞭解的地方。今早我對父親做了一個要求，要他幫你找一份事做，一個有保障的工作。

——我完全瞭解妳的好意。

——我這樣做是居於昨夜分手時的感觸，斐梅說，我阻不住為你的孤單無援而流淚。

柯克廉重新憶起昨夜白夢蝶先生的車子轉進巷子時所見到的斐梅的臉在玻璃後面所顯露的一片灰暗模糊的印象。

——為什麼妳有這種感覺？

——我有，我就是有，斐梅憤慨地說，別人只會欺壓像你這樣的人，輕視你們，搞小集團排斥你們。

——算了，柯克廉說，我明白了。

——你接受不接受，柯克廉？她的眼睛像兩顆夜晚中的星子充滿著情感的凝視，且含蓄地閃耀著，使柯克廉在接視時把頭低下來。

第七章

柯克廉搬出了小旅店後住在郊區的一所小學校的單身宿舍裡，他在那裡充當一名臨時的教師。那天他接受了斐梅的建議到市黨部的服務站去登記，那邊很迅速地安排他到距離市區不遠的一所小學校去報到，代理一位去服役的老師的教職，期間是一年的時光。這件事當然是斐梅的父親從中幫忙，不過一切手續都是依照服務站所公開的辦法做，柯克廉的條件正好適合，他也不嫌棄職位卑低薪水太少，幾天之後他很快地適應下來，在課餘的時間正好可以讓他安靜地讀書和寫作。那個星期六中午，他在下班後回到宿舍換了衣服，搭公共汽車到城裡來，前天他已在電話中告訴斐梅約定在十二點半左右到畫廊來，但是他如時的到達畫廊時據說她有事離開了，辦公室除了工作人員進出之外，有一位外國的女士坐在那裡安靜的看書，柯克廉想這位穿大兵外套的女子恐怕就是珍尼絲小姐了。他由斐梅口中知悉這個名字是在他搬出小旅店那天的中午與她共進午餐的時候；她說和珍尼絲小姐邂逅完全是機緣所促，幾個月之前她想學一點商業英文，美加語言中心給她安排和珍尼絲小姐見面，交談之後發現互相都很喜歡對方。斐梅本來英文就很好，是大學外文系的高材生，但學商業英文對她來說只是瞭解它的形式為了實用。珍尼絲小姐來台灣據斐梅說是隨父母遷居而來的，她在美國的大學曾選修過一年的中文，半年前她的父親奉派到台灣來服務，這對她是個很好再學中文的機會。因此她們互相約定，斐梅學她的英文，而珍尼絲小姐學她的中文，以友誼的方式互為老師，幾個月的交往已經變成很好的朋友，已到互訴私生活的瞭解階段。柯克廉看她很專注地在看一本攤在膝蓋上的書本，在他進來時只抬頭望他一眼，就再也沒有理會他很沉靜地埋首看書。斐梅不在，猜想這位外國女子似乎也在柯克廉進來之前不久才來的；斐梅既然不在，他想本來是約定來和她共進午餐，料想她不會忘掉這件事而會馬上回來，於是他也像那位冷靜的女士一樣坐下來，隨手拿起桌上的報紙翻看新聞。這樣過了一刻鐘，突然電話鈴響，一位剛進來的女職員上前來接電話，然後她向柯克廉問道：

——請問你是柯克廉先生嗎？

——我是，柯克廉放下報紙說。

——斐小姐打來的電話，她說。

他接過話筒，斐梅說她臨時的急事趕不回來畫廊。

——是不是也有一位美國女士？

——不錯，正有一位。柯克廉說。

——她就是我告訴你的珍尼絲小姐，斐梅說，你問她，我要她聽電話。

柯克廉禮貌地對那位女士問道：

——請問妳是珍尼絲小姐嗎？

對方抬起頭微笑，好似在說這件事很有趣，她在柯克廉從那位女職員手中接過來電話時，已經在注意這件有趣的事。

——是的，我是珍尼絲，她站起來說。

——斐梅要和妳說話。

柯克廉把話筒遞給她。

——是給我的嗎？她用極平板的中文說，對柯克廉說聲謝謝，然後接住電話與對方交談。

柯克廉此時留意地看她富有特徵的面部表情，她那高瘦的身材有如一位探險家的模樣，配合著臉上瘦削的鼻子；她呈現蒼白的顏色，眼神有點疲倦，可是談吐的態度卻表現的很愉快。他乘著她和斐梅在交談時瞥視桌上她放下的書本，那是一本美國現代作家沙靈傑的短篇小說集；他雖不精通英文，卻還能看懂那本書名。他為她的笑聲轉頭來再望她，她正朝著他展著高興而友善的笑容。

——你就是柯克廉，她伸出手來，柯克廉匆忙地向前握住她有點冰冷的手。久仰大名，再一次由一位這樣陌生的女子口中道出客套話，到此為止已令柯克廉不得不帶著自嘲的意味而笑一下。

——斐梅還要跟你說話，柯克廉，她接著說。

——謝謝，柯克廉由她手中接回話筒。

——不用客氣。她說。

柯克廉聽完斐梅的話放下話筒，朝坐下來的珍尼絲小姐說：

——斐梅暫時不回來，我請妳吃午飯，珍尼絲小姐。

她抬起瘦削蒼白的臉驚奇地看著他，有半分鐘他們的眼睛交視互相審視沒有放開，然後她似在思索，眨動著變得閃耀光亮的眼睛，站起來帶著微笑，和柯克廉並排地走出畫廊。

這裡必須提到可憐的柯克廉是第一次接觸外國女士，他在早年受教育時和後來十數年的純樸生涯裡，從來未曾想到有一天會碰到外國女士時所應俱備的禮儀，更沒有想到此時他就要憑著自己的機警和才智從頭開始摸索，根本沒有第三者從旁協助，慶幸的是他認為珍尼絲小姐恐怕也是第一次遇到像柯克廉這樣簡單的人。但從她那隨和的自然姿態裡，柯克廉感覺她必定閱歷頗多；她有一種滄桑的冷靜，以及敏捷的思考和判斷力；和這樣世故的女性在一起實在比另一種初出茅蘆的小姐要容易交談，就像西方的諺語所說的：追求一位公爵夫人比追求一位女僕要容易得手。當然我們的柯克廉的處境有所區別，根本不容他有任何浪漫和踰越的想法，他只是代表斐梅盡一份地主之誼請她去吃一碗清燉排骨麵，然後看時間還早，斐梅在電話裡說三點鐘之後才能回到畫廊來，所以又轉去一家有音響可聆賞的地方喝咖啡。那個地方純粹以音響為號召，位置很寬敞舒適，也是斐梅在電話裡交代柯克廉這樣做，純粹是用來打發時間。這位珍尼絲小姐給人的印象，使柯克廉在此刻認為她是現代型的美國知識份子的一員，從外表的裝束和談吐看出是歌唱愛與和平的青年之一，非常不滿他們美國的政治和外交，責罵美國的文化膚淺的所謂疏落者人物，有如她告訴柯克廉的——我不喜歡美國——那種在世界各地漂泊的流浪者，注定一生要過著極坎坷的生活日子。當柯克廉用著簡單易懂的詞句，且一面用著筆寫的方式，對她述說一段南泉斬貓的禪事之後，她的神情變得欣喜若狂，直呼——我懂了，我明白它的意思。

但柯克廉心想她只不過是喜歡這個故事罷了，而對她表示能輕易地領悟它的涵義感到很詫異；因為像這種禪的公案或有關禪佛的歷史，對曾經在鄉野發了多時專心研究和身體力行的去努力領會的柯克廉來說，未必敢輕率地自稱能完全無誤地瞭解這種玄妙的東西。所以她說——我懂了，柯克廉只把她想成她喜歡，以及坦率地顯露出她的自然無偽的性格而已。但憑這一點她和柯克廉能夠在一刻之間藉此掌故突破種種的隔膜去進行著兩者間的交通實在也算是一項奇蹟。她的坦率和現實的性格完全畢露無疑，柯克廉把它視為她的最上乘的優點，不是東方的女性所能比較的；她的領悟力是她的一項明顯的特徵，以至於柯克廉所說的故事能馬上獲得她的回響。她也向他道出一則現代傳奇，故事是她自己的親身經驗，一併把她的思想和情感表白出來；她說幾天以前她的男朋友帶她去墮胎，今天早晨在來畫廊之前在機場和他做告別。她十分激動地說：

——這不是給我一個啟示嗎？

柯克廉傾聽她，注視她，在心裡感受到一番空前未有的愴然傷痛。

——我知道南泉為什麼那樣做，我也知道我為什麼要這樣做。她還在繼續樂樂地說道。

柯克廉想這不是比較文學，而是比較心跡歷程；東方的古老思想對現代的西方的一種自然神祕的牽引力，是西方反文明和科學的精神徵候。依他的想法，珍尼絲小姐是將她的傷心事變換成一股有力的思想，成為她的足可依據的生活哲學觀。

——我不要孩子，她說。

同樣地這種結論她是由故事的表面解釋而來的。她說：

——南泉也不要貓。

把孩子和貓視同為生命做為她的最後的抉擇，否定和拂掉過往的事實求得新生。柯克廉只有把它視為自然的一種現象看待。

至此，他和她的交談已陷入困境；一方面是珍尼絲小姐此刻正是身體最弱思想最強的時候；一方面柯克廉認為僅憑想像要瞭解她根本不合實際。就像他在研究禪的公案時所獲得的明白結論是：僅憑想像只能做到一時間的片刻理解，禪對於以讀書為樂趣的人來說根本不能產生傳嗣作用。我們的柯克廉同樣地根本不能對珍尼絲小姐有絲毫的憐憫和同情的心理。而珍尼絲小姐看來也不需要這些，她一直表現的很堅決和肯定，是一個很能獨立自主的女子與我們在此地所常看到的女性是兩種截然不同的類型。她的勇氣實在令柯克廉佩服，因為她的故事並不是說來換取同情的，而是宣洩她心中的思想和生活的態度，因此有點木訥的柯克廉正好對她很適合於當聽眾。交談從這被沉思的主題轉到一些日常的興趣上，發現二者都很喜歡民謠音樂，都能道出歌手的名字，唯一出乎柯克廉感到意料之外的是，她同樣用肯定的語氣批評貝多芬的音樂太膚淺。她的口氣幾乎是一式的：

——我不喜歡貝多芬。

就猶如她最先所表示的：

——我不喜歡美國。

她所有的情感幾乎都用著標準的語態表示出來，譬如她說：

——我喜歡你，柯克廉。

這就是她的真感情。柯克廉覺得她用了很多的直覺，很容易辨別她的喜憎的情緒；但這並不是說她表面上易於衝動，她的外表卻始終維持著一種溫和和冷靜的神情。這一點很受柯克廉的注意，喜歡她並不扮裝深奧的態度，起碼不像有些受高等教育的女子表現出一種滿腹學問的強辯，她的坦率的性格，自然的談吐表情，使得柯克廉易於與她親善。但是我們必不可以在獲知一個人的習性之後，將珍尼絲小姐的那種——喜歡與不喜歡——的極端視為她們美國式的機械精神，尤其要辨明的是她與柯克廉之間，只能用這種簡單的陳述做交談，進一步要細膩地表示思想雖有全靠個人的敏銳的直覺，況且他們在這首次偶然地邂逅之前並沒有熟知對方的資料，斐梅對柯克廉提起她時也只做極平常的描述，因此在柯克廉的心裡，要不是碰巧在那種場合與她單獨面對，而能集中思想對她做瞭解，恐怕很難留存深刻的印象在心中。有時我們聽人述說某一個人的事，事實上並不比睹見那個人來得印象真確。尤其像珍尼絲小姐這樣奇異的女性，沒有看到她本人，任何人都會將她與大家憑想像所認為的美國女性混為一談，斐梅對他提起時他就是這種感覺，要不是有緣與她碰面也難免這樣的認為是毫不為奇的。可是此時他已經有了極深的印象，把她視為一個極為特殊，根本與美國的傳統有著很大差異的特例，要是一定非把她視為她們美國的象徵不可，那麼柯克廉以為她的確是她們的新精神的一個代表，視天下為一家喜歡流浪和尋覓的彷徨者，這種人大都是新知識和感性的探索者，不重視華麗的外表，形貌有點頹廢憂鬱，也幾近男女不分。所以結論是很明顯的：她不喜歡美國並非美國在她眼中就是一個亂糟的國家，她不喜歡只是代表她個人感情上的不滿足，客觀的說她還是愛她的國家，我們或許可在以後的情形裡考查到這一點事實，就像時下的知識青年常顯露不滿的情緒，假如把他們的表現來判定他們就是不愛國的顯示，這就犯了莫大嚴重的錯誤。任何時代都會產生一種新精神來，這種新精神在萌芽時固然看起來很尖銳，很叛道，甚至違反倫理，可是在歷史中這種新的精神往往在成熟時，會自然與原有的傳統融合在一起成為傳統的新面目。再說她不喜歡貝多芬，這並不能視為她否定了貝多芬音樂的價值，而實質上一個過時的人物也往往必須經由這種考驗和批評才能確立他們的不朽地位——不喜歡——正是一種新精神的宣告聲音，它把過去和現在做明顯的區分。柯克廉在她的要求下多叫了一份蛋糕，她毫不隱諱地表示出來，這對柯克廉來說也是一項新的發現；從自然的觀點看，重視慾望是較為正確的。他和珍尼絲小姐回到畫廊時，那裡的景象和紛雜華麗使我們的柯克廉大吃一驚。

第八章

曹林顯得神氣非凡因為他正以輕鬆的樣子周旋在幾位漂亮的女士之間；她們喜歡他不僅只是他顯得年輕可愛，還有許多他的秉性和現實的成就可以讓這些女士們去感覺。還有一大羣的男士也擁擠在那間有冷氣的辦公室，再加進來的柯克廉和珍尼絲小姐就顯得十分的爆滿。斐梅看起來容光煥發，她馬上就要舉行記者招待會，會議桌已經擺好在寬闊的展覽室，城市內最為活躍與成就的畫家和幾家大報的文藝記者都已經到齊，只等著斐梅宣佈開始。能夠招集到這麼多優秀的人物在一起，這是斐梅的一項了不起的能力和表現。她看到柯克廉偕珍尼絲小姐進來，馬上告訴那些人過去展覽室，使辦公室不至於煙氣太重和語聲紛雜。柯克廉心裡暗藏著一點疑惑，斐梅曾以冷靜的眼光對柯克廉做一極短暫的審視，他覺得他進來後她便宣佈要開會並不是時間的巧合，他想斐梅似乎在等候著他們回來。於是辦公室內只剩下與那個座談會不相干的寥寥幾個人，柯克廉特別注意到有一位非常清秀美麗的小姐留下來，曹林一直不停地逗著她說一些打情罵俏的話。斐梅本來和那些人一齊到展覽室那邊去，然後她又單獨的回到辦公室來，為柯克廉介紹那位和曹林在一起的小姐。

——這位是佳麗，斐梅說，他是柯克廉。

——斐姐早就對我談到你，她說，好高興見到你。

原來是這件事使她到展覽室後又轉回來，之後柯克廉看她馬上又離開。除了柯克廉外，從這種情勢看來留在辦公室的另三個人都是早就見過面的；看曹林和佳麗的那種隨便的說話樣子是可以想像他們已經非常熟悉了，珍尼絲和他們二個人也同樣有幾次在一起的機會，彼此之間都不必再顧到禮貌。唯獨她總是有話說時才開口，外表保持著很莊重沉默，她和曹林說話是用英語，除了斐梅外，只有曹林有這種用英語交談的能力。可憐的柯克廉現在的注意力完全集中在佳麗的身上，斐梅不在這裡，她就代理了斐梅的身份，為他泡一杯熱茶，和他坐在一起交談，一點也不表示才剛相識的那種隔膜感情，好像他們之間已沒有什麼未來的關係可以進展，現在這樣，將來也如此，從開始就維持永遠不變的狀態。這當然不是柯克廉所擺出的態度，是她所採取的一種肯定的態度，這點頗使他感到莫名其妙；可憐的柯克廉在見到她的時候，並沒有因她的美麗產生任何幻想，他完全沒有機會是被她的主動姿態無言地告知了不要有那種想像；他注意她，或甚至專注地注視她，就是要尋找這隱密著的答案。只有一個線索，也從這個線索讓他去猜：那就是她所說的第一句話——斐姐早就對我談到你的——斐姐——這種對斐梅的稱呼。她和斐梅不會是親姐妹，柯克廉未曾聽過斐梅說她有親妹妹，從相貌來看也根本不相像，但她們的關係事實上可能有如姐妹般的親近。她年輕，美麗，有男性漂亮少年的可愛面孔；她不是那種風尚的性感女性，亦沒有所謂賢妻良母的形態，是個很令人覺得清麗的類型；她使柯克廉想到在電影中的珍西寶*，是一個異數。我們知道最先起用珍西寶的導演是恐怖大師希區考克，柯克廉也認為佳麗本身也有那種會遭逢奇異的命運的預見。是不是有那種巧合現在還言之過早，她和珍尼絲小姐相較，柯克廉由衷地對她產生著一股莫名的憐憫的情緒；但他在內心裡所預存的這個印象卻沒有面對她時冒昧的表示出來，他還要觀察她，注意她，想她，甚至懷疑自己的多情的意念。

——斐姐說你會看手相，佳麗突然問他。

——她這樣說嗎？柯克廉很表驚訝。

——你會不會我不知道，她說，斐姐是這樣說。

——好，柯克廉微笑著說，讓我看看妳的右手。

她的手很美，很潔淨，粉紅色的，感情線發源自中指之下。柯克廉在沉思，沒有說話，她似在遲疑抽不抽回手，他將她的手握在手裡，然後憐惜地推回給她。

——我實在不懂這門東西。他有點羞慚地說。

——沒關係。佳麗似乎有點領悟到為何柯克廉不說話。

佳麗為何會這樣問他，他想到他是看過斐梅的手，和她談論一點命運的問題，至於命運是否顯現在手心的紋線上，柯克廉雖曾研究過，但並沒有十分把握，某些細微的問題他是很難理解。

——那麼你是不是以為每一個人到了某種階段，幾乎都能自覺自己的命運？佳麗說。

——當然，柯克廉說，要看對自己的瞭解有多少。

——所以你不說什麼，我大概也知道你心中的感想。

柯克廉倒想考驗一下她的靈感的聰明的程度，所以追問道：

——妳說說看我心裡想到的是什麼？

——咱們心照不宣。佳麗說。

柯克廉有點失望，她這樣說無異於宣佈封閉彼此間的交通，阻斷互相情感的交流，各自走著不相交錯的軌道。這位當前的可愛女子實在令他大表同情，他未與她有深入的交誼就已經對她滿懷感傷。曹林在那一邊和珍尼絲小姐的談話已經完畢，注意到這邊的情形有異，走過來看看佳麗，臉上笑容可掬地對柯克廉說：

——柯克廉，你以為如何？

——什麼以為如何？柯克廉甚覺他的問話突然，而不及思考。

——我們的這位佳麗是不是頗不好惹？曹林又說。

---

*珍西寶（Jean Dorothy Seberg, 1938-1979），美國女演員，主演《聖女貞德》、《斷了氣》等。

佳麗激動地站起來，推了曹林一下，走開時瞪了他一眼。但不要誤會她的這種舉動是真的在表示生氣，反而由這個舉動看出他們之間的難得的親近關係，也可由這種情形裡衡量出他們混熟的程度。從柯克廉的角度看來，這種情形亦不失為趣味延續的形式變換，絕對不是傷感情的事。可是柯克廉意會到曹林的問話並非沒有詢問和探試他的意思，所以他回答說：

——我尊重你的意思，曹林。

曹林馬上捉住這一點朝站在桌邊的佳麗說，看來她是無法逃開。

——妳聽到了，佳麗，可不是我一個人這樣以為，連最為誠實的柯克廉也同意我的看法。

——柯克廉才不是那個意思，她反駁道，他不像你專找女人欺負。

——這是什麼話！曹林臉面緋紅地驚嘆說道。

——你心裡明白。佳麗還是不肯罷休地說。

曹林走過去拍拍她的肩膀，對她表示投降地說道：

——我向你道歉。

柯克廉見到曹林這是第二次，上次的印象已經很深刻地印在他的記憶裡。我們已經說過那一次曹林的面目給柯克廉產生一種羨慕之情，久久不能忘懷他那年少得志的瀟灑姿態。柯克廉自忖他的人生已過了一半，對他來說，未來的一半是他對那過去的一半的回憶，這是一個人產生知識與認識人生的開始，所以他認為唯一對他有益的工作是寫作，已沒有那種在現實社會中與他人互爭長短的意識，他自己很明白一個人在社會成名和成功的條件是什麼，那些東西有一半是我們的柯克廉無法碰到的機會，另一半是他那悠閒的個性使他不願太賣力，因此他不怨天尤人產生不良的情緒來毀壞未來半生的和平生活。但他本性是很具好奇的，對曹林今天的頑皮樣子就像看待年輕的弟弟一樣覺得他十分活潑有趣，他能脫掉那層身份的嚴肅外衣，回換到生活中一種自然的態度，這不是非常難能可貴嗎？柯克廉不但沒有看輕他，更加地覺得他的可愛，對他又有一層的瞭解，比上次更富本性，是脫掉外衣後讓人看到他穿內衣的身材曲線。曹林的年紀才二十七歲，可想而知這種年紀實在還不應有社會生活的濃重氣味來掩蓋本性的天真稚氣的輕鬆和滑稽。固然柯克廉還不真確地知道這位年輕博士到底學道有多深，到目前為止，他實在找不到他的一點可指摘的瑕疵。他實在是年輕的好典型，又有幽默的靈慧，像剛才他和佳麗逗弄的一幕，換另一個人的尺度來看，恐怕要因他的輕浮貶低他的身價；但在我們的柯克廉的觀念裡並不因自己的拙笨而動用主觀的批評，覺得曹林的舉動根本不傷大雅，對他可圈可點，認為一個有才能的人能加上情趣的抒發和配合才能算是完整。他看得很清楚，有問題是出在佳麗的身上，至少她有點壞脾氣，有點故作姿態，才使曹林自覺難堪，不過他有良好的風度坦露地向佳麗道歉。我們覺得佳麗應該有好的且聰明的表現，她的心可能想得很直接，使之忘掉輕鬆愉快的價值。這是令柯克廉大感意外的事。還好曹林表現得更為佳妙，能夠見風轉舵，馬上從一匹不能駕馭的野馬上跳下來，可算是令人難忘的一筆。佳麗的女人氣概自身難容在辦公室，她到展覽室那邊去，曹林換轉身走過來和柯克廉談談正經事。

——我們正在籌備在下星期三下午舉行第一次座談會，主題是討論現代藝術的問題，你能勞駕過來做記錄嗎？

——我沒有學過速記，柯克廉很坦率地表示。

——不，曹林解釋說，我們在會場想用錄音機錄音。

——我沒有時間能來。

——斐梅說你學過美術，我們正想借用你這一份駕輕就熟的才能。

——我希望你瞭解，柯克廉真誠地說，我很願意參與和幫忙，甚至幫忙佈置會場，但現在我在那邊的工作才開始，完全分不出身來。

——我知道，曹林微笑，那麼你是否可以答應另一件事？

——只要我能做，柯克廉說。

——我們的創刊號在下個月裡就要付排，還少一篇附錄的小說，你有嗎？我們付稿費。

——這件事我或許能答應你。

——我知道你能，他頗表敬意地對柯克廉說，你出版過的那本小說集斐梅給我看過了，我很欣賞，也在研究。

——我希望你批評指教。柯克廉說。

——是實在的話。他說，那麼小說的事拜託你了。他們握手。

——寫不好，還希望你多多包涵。

——你太客氣了。曹林說。

突然和斐梅一同出現在門口的佳麗說：

——誰像你不客氣，她擺出一股復仇的姿態，不過卻能讓人看到她俊美的臉上所掩不住的笑容。

——那邊的情形進行如何？

曹林抬起頭來問斐梅，但不忘和佳麗交視一眼。

——還不是那麼一回事。斐梅表情做不屑一顧的說。

——到底怎麼一回事？曹林關心地問她。

——你還不懂嗎？她有點厭煩的解釋說，畫家總是熱烈激昂的發表議論，記者最後還不是在報端作輕描淡寫的登載。

——無聊透了。佳麗說。

曹林宣佈意見：

——他們那邊談正事，我們這邊談私事。

——世界少不了要人發出聲音。柯克廉說。

斐梅走到柯克廉的身邊來問他：

——我們怎麼談？對他詳加審視，好像要彌補前幾刻鐘，她忽略他似的。

——也許我們能來一次圓桌式的交談。

——少一張圓桌，佳麗說。

——把椅子拿過來圍成一圈，曹林還是把佳麗當對象，他說，來，女士們先坐。一直沉默在角落看書的珍尼絲小姐發了一聲——What? 曹林走到她的身後，她站起來，他把她坐的椅子往前移動，然後說：

——請坐。

柯克廉坐在珍尼絲小姐的身邊，曹林在另一邊，跟著是佳麗，斐梅則在柯克廉的另一邊。斐梅說：

——談什麼？

大家面面相覷。曹林又顯現出風趣。

——我們是一家人，他掛著神氣的笑容說，現在是開家庭會議，要嚴肅。

——你首先就不嚴肅。

佳麗又報他一箭之仇，使他連聲說：

——好，好。

斐梅望了冷靜的柯克廉一眼，像突然獲得了一個靈感，她說：

——每一個人發表自己的志願。

——女士先說，曹林望著佳麗，由佳麗開始。

——由曹林開始，佳麗不甘示弱地回應他。

——好，我先說。

他沉思片刻，顯出很莊重很正式的神情；柯克廉注意到佳麗側臉望著曹林的嘲諷表情。

——我的願望是我希望能做到改變歷史。曹林正經地說道。

佳麗在他的身旁有種打岔的衝動，話到喉嚨卻抑制著重嚥下去。

——很好的抱負。柯克廉拍手稱道，她們也跟著拍手附和。
——輪到妳，佳麗，曹林微笑對她說。
——我希望找到一位好丈夫。她有點害羞的表情，說得很急速。但她這一說獲得極為熱烈的掌聲。
——好坦白。曹林加上一句讚美。
斐梅意味深長地說道：
——我希望今天坐在這裡的人永遠在一起。
她的願望使在座的每一個人都深思了片刻。柯克廉看到她的神情很憂傷和沉重，她說時臉色由白轉灰，不斷地眨動她那最為動人的大眼睛，她的眼睫毛特別的長和明顯，有如一排上下擺動的柵欄。佳麗打破沉默的氣氛說：
——斐姐就是這樣的一個人。
——我贊同。曹林說。
於是大家的眼先落在下一位要發表的柯克廉臉上，可憐的柯克廉的心臟跳動得有些急促，大家可以看到他那沉思不樂的特殊表情，經過一分鐘的等待，他結巴不順地說：
——我的意志是願望追求一位理想的女人。
斐梅衝動地說道：
——世界根本沒有你想像的那種理想的女人，我認為你的願望最不能實現。
——這個理想如不是以女性的形姿出現，我亦希望它能充分地表現在我的意念裡成為形上的事物。柯克廉補充說明。

——那形上的事物是什麼？斐梅問他。

柯克廉沉默不語。

——是神或上帝，我想。曹林說。

這時門被突然地推開一條縫，伸進來一個長頸子的模樣滑稽的馬面的頭顱，他唇上的鬍子最為顯出他的冒失的舉動，圓滾的眼球不停的做轉動，他的身體沒有進來還留在門外，看到裡面繞圈交談的情形頗表驚奇，他先問：

——啊，你們也在開會？什麼會議？

——家族會議。曹林俏皮地答他。

——那麼我肯定斐梅是媽媽。當他把頭部縮回去之時禮貌地說道，對不起。

門隨即被關上，斐梅一臉緋紅，站起來準備離開。

——我去看那邊是不是完了。

先前的一片氣氛隨著斐梅的走開而自然地消解，柯克廉發現唯一保持沉靜，甚至一直感覺有點莫名其妙的是他身旁的珍尼絲小姐，她沒有輪到發表願望，是否輪到她說似乎顯得無動於衷，一片沉墜的空氣瀰漫在室裡，她撥開左手的衣袖觀看手表。

——我該走了，她說。

她站起來面對柯克廉微笑，柯克廉隨著她站立。

——等一下一起吃晚飯，柯克廉說。

——不行，我有事。她說，晚上你還在嗎？
——可能，柯克廉說。
——那麼晚上再見。她說。
柯克廉不知道她為何事要在此時離開，她走過去和曹林交談，曹林似乎知道她的情形所以沒有加以勸留，她在門口的地方遇到斐梅，斐梅也沒有留她，只說：
——晚上在家裡見。
——OK，她說後往前走。
柯克廉望著她的背影，覺得她的走姿像是一位疲憊的士兵，在漫漫的長途上一擺一搖的行走，她背著柯克廉走落樓梯的情形，在柯克廉的印象裡與那晚第一次看見曹林升起的身姿交疊起來。

第九章

記者們走了，畫家們重新擁進辦公室來，斐梅主意每個人拿出一百元到餐館去會餐，宣佈不參加的人各自走開，於是一大羣人浩浩蕩蕩離開畫廊，終於打開了那晚聚集玩樂的序幕。其中唯一沒有出錢的客人是柯克廉，他和那些畫家多多少少也有淺淺的認識，但是他並不是長期住在城裡與他們有交誼的人，只是剛剛來城不久斐梅特別宣佈加以分別看待不要他出錢。就在收錢意見紛雜的時候發生了一個插曲，一位有名望的青年畫家據說是十分地愛惜金錢，有點捨不得拿出那一百塊錢，可是他也捨不得離開，想比照斐梅對柯克廉的優待混在裡面，有幾個人私下暗示斐梅看她如何要他拿出錢來，斐梅起初故意地忽視放過他，等到坐在餐館喝下第一杯酒，夾第一口菜放進口裡之後，她才數人算錢，宣佈少了一百塊，當大家紛紛說到自己已經交出之後，唯獨那位先生臉紅不敢說話，大家都知道他的吝嗇品性，硬指著他是漏繳，他莫能狡辯逃脫惹了這一場好笑的難堪，終於乖乖地掏出錢來交給斐梅。這個插曲沒有什麼不愉快，這些人早就互相間非常熟識和經常作弄開玩笑，反而覺得更加有趣，一陣哄笑就結束了這場小風波。那位畫家事實上也是個很風趣的人，衣著很考究，喜歡發表怪論，說話的聲音特別激昂，算是他們藝術界的一位奇葩人物。談到這羣在城裡以現代為名活躍的畫家的逸事可說俯拾皆是，柯克廉特別的注意到其中的一位，剛才在畫廊要出來時發現他匆忙地打了一通電話，到餐館時他獨自到櫃台打電話，吃完飯後又打一次，幾十分鐘之後大家到了斐梅的公寓，他是第一個去搶電話的人，據說他特別懼內，無論到何處做什麼事都必須打電話回去做一番交代。

奇怪的是柯克廉的心裡一直在惦記著一個人，那個人沒有出席今天的座談會到畫廊來，當然也看不到和他們共進晚餐，柯克廉的感覺好似他突然從城裡消失了，恐懼的感情佔據他的心胸。自從第一次到他的畫室拜訪他，然後共進晚餐再到鴻霖的地下室喝咖啡，望著他駕著小車在巷子消失後，就沒有再見過他的影子。柯克廉選擇和斐梅為鄰的位置以便和她交談，他很輕聲地問她白夢蝶先生的近況如何？

——現在不要談他，斐梅只這樣說。

所以到達她的寓所後柯克廉乘機又問她，她的回答是：

——他的年紀大了，和我們總有點處不來。

這時柯克廉才大表疑惑，以為斐梅故意隱藏某些事實，只就表面的理由來敷衍他。

——妳是這樣以為？

——當然，還能為什麼？

——妳見過他？

——見過。她說。

他和斐梅單獨面對面站在廚房裡，佳麗剛剛端了一盤玻璃杯出去，柯克廉是藉著要幫忙走進來的。

——何時？柯克廉想詳細的瞭解，所以又這樣的追問。

——請你不要再追問他的事，她不耐煩地說。

——為什麼？柯克廉說，我不明白。

——你不必去關心他，他是一位會把自己處理得很好的人，有賢內助的協助，我敢說我所認識的人中沒有一個能夠比得上他的聰明。

——妳誤會我的意思，柯克廉說。

——那麼你的意思是什麼？她朝他的眼睛注視。

——譬如他今天為何沒有到畫廊來？

——他為什麼要來？我們今天所做的事，那一件對他具有吸引力？他現在擁有的正是外面那些人拚命要追求的。你關心他什麼，柯克廉？

——沒什麼，柯克廉沉下他的面孔。

他有點懊悔多言問到白夢蝶先生這個他記掛的人，可是由她的語句聽來其中必定有什麼事被她極力隱藏不說。這個時候的確很不適當來談論他，柯克廉事前沒有料想到會惹煩斐梅。可是因為斐梅的殊異的表達卻增加了他的疑惑，現在萬萬不能再談論下去，只能暫時壓住在心裡，將來有機會他會和她專來談論白夢蝶先生；柯克廉心中想，白夢蝶先生的存在是他瞭解斐梅的一個很重要的關鍵，他感覺到這個謎如不解開，斐梅對他的溫柔和禮待是他無法暢心領受的。碰了壁的柯克廉正要大步邁出廚房，斐梅要他等一下。

——今天是我最為高興的一天，她說。

——我不明白，柯克廉說，為什麼？

——因為你第一次到我的公寓來。

——這對妳有什麼意義？

——當然意義重大，她審視他，你對我沒有猜疑吧？

柯克廉冷思一下後說：

——要猜疑什麼？

——應該是沒有，她說，你說是不是？

——是，柯克廉說，應說是。

——那麼你快樂嗎？

——我很快樂，柯克廉臉上出現微笑，我應該快樂。

——這樣不是很好嗎？

——是的，我很滿意。

——那麼你在乎他們那一羣人嗎？

——我不在乎，柯克廉說，我喜歡他們，假如沒有他們，我今天也許不會那麼高興。

——我正希望你如此。

佳麗進來取冰箱裡的冰水，柯克廉和她一起到客廳去。

斐梅住的不是頂好的公寓，從外表看十分的普通，只有四層樓高，座落在敦化南路的巷子裡。她住第三層，她的父母住在第四層。客廳的設備以純樸為主，色調偏向黃色和灰色，沒有酒櫃，有一座高及天花板的大書櫃是主要的特徵，所蒐集的有關藝術方面的書和畫冊非常的豐富，音響設備安置在書櫃的下方。有兩盞吊燈使這個客廳顯出奇妙的特色，沙發擺在靠落地窗的那一邊牆壁，另有一張長桌的位置則靠在裡面的牆壁，此時正做為大多數人圍聚在那裡賭撲克牌之用。這樣的陳設所給人的觀感不是富裕和華麗，卻十分的優雅和實用的高尚格調，坐在沙發裡自然覺得很舒服，音樂是調頻電台所播放的美國流行歌曲，音響很微弱以便於談話。這樣的屋子給兩個單身的女性居住是太寬敞和舒適了。斐梅早先曾對柯克廉提到有一位單身女子和她同住，現在的答案完全清楚了，那就是佳麗。她在一起已經有二年多的時間，生活方式有些不相同，但起居在同一個屋宇裡猶像是一對姐妹。據斐梅事後對柯克廉的陳述中說，她和佳麗會成為今天的關係，實在可說是一種因緣；她說那時她去參加一次設在觀光飯店的服裝展示會，她發覺展示台上的模特兒中的一位的模樣很特別，有一種說不出的感觸在心裡產生，她的風格實在不是我們在此間常見的那種形態，並不是她特別優秀，不是的，反而她的步姿有點兒異樣，很容易看出姿態的不自然，參觀的人議論紛紛，有人說不好，有人說很特別，斐梅在台下的感覺認為並非好壞的問題，當然客觀的說可能是壞透了，事後才知道這是她第一次上台表演，她有點緊張，和她的心理很不配合，斐梅到後台去找她，她們幾乎是一見鍾情，斐梅看她那麼徬徨和驚恐，便把她帶回家來。那時斐梅剛搬到這幢公寓不久，也剛從美國回來不久，她和她的丈夫決定分居，他在美國，她回來台灣，雖然上層樓有她的父母，但她迫切地想找一個同居的女伴，一切就從那時開始。關於斐梅的丈夫，他已旅居國外多年成為美國的公民，和斐梅分居後更不可能回來台灣，他是個科學家，據說性情很沉默，喜歡孤獨，研究工作就是他的唯一生活，當時在美國和斐梅結婚後，他們很少出入社交的宴會，也沒有多少朋友，兩個人的性情幾乎是兩個極端；斐梅愛好文學藝術，喜歡交朋友，喜歡活動做事，而他唯一的興趣是在實驗室裡，他是哥倫比亞大學的博士，是斐梅父親世交的朋友的兒子；斐梅出國結婚後才漸感生活難以諧調，但他們並沒有發生不愉快的爭吵，二個人都很理性，所以他們的分居是很自然，也很必然，互相間很瞭解這種情勢的結果，沒有很深的情感上的牽掛。佳麗搬進來正好合乎斐梅的希望，兩個單身女子雖然性情不是完全同類型，但斐梅有容納的胸懷，佳麗非常尊敬她，兩個人共同生活下來之後卻有不能分開的趨勢。不過斐梅告訴柯克廉，佳麗的身世很令人同情，一年前她認識一位男士，兩個人好好吵吵不知已經有多少次了，斐梅認為他們終必會結婚，只是早晚的問題，到那時佳麗離開斐梅是不能避免的事。這些以上所述的事情，此時柯克廉第一次來到斐梅的公寓，就能憑觀察中獲得證明。

譬如佳麗招待客人的勤快樣子，完全以她是此家庭中一份子的身份的姿態，以謙卑客氣的態度和善相迎，除了曹林特別喜歡和她開玩笑和鬪氣之外，在餐廳吃飯時她對柯克廉甚為體貼，屢次為他夾菜，關心他沒有吃飽，現在在客廳裡，她特別為他調一杯水果酒，這當然也是除柯克廉外其他都不好飲，那些畫家個個就自己的所好不是玩牌就是三二坐在一起聊天，她在忙過這一陣之後，就和柯克廉由廚房走到客廳，在沙發一起坐下，斐梅也跟著出來坐在另一邊。從這種景象看來，這羣朋友遇有機會相聚必定是到斐梅的公寓來，因為柯克廉觀察他們一點也不拘束，取用非常隨便；交談也不分主客的區別。佳麗的美貌當然是吸引他們的一個因素，最主要的是斐梅自然天成的仁慈性格成了他們圍繞服從的中心。

這個時候，斐梅終於在忙了一整天的事後坐下來喘一口氣；此時，她終於才有時間詢問柯克廉中午時分和珍尼絲小姐出去吃飯的事，柯克廉對斐梅表示他和珍尼絲小姐之間除了語言稍有隔膜外，互相都有極深刻的印象。

——你們談些什麼？

——我告訴她一個故事。

——什麼故事？

——是一件禪的公案，柯克廉坦白地說，叫南泉斬貓。

——她聽得懂嗎？斐梅露出不很相信的神情。

——她完全懂，柯克廉這樣表示，她說她明白了。

——你不會掉進她的陷阱吧？

斐梅注意的看柯克廉的反應。

——什麼陷阱？他很疑惑和吃驚。

——譬如她會告訴你發生在她身上的事。

——不錯，她說到她自己。柯克廉回憶並承認事實。可是我不知道這裡有什麼陷阱，我倒覺得到處充滿令人迷惑的事。

——什麼時候會發生什麼事，沒有人會預先知道。佳麗說。

——我不明白，柯克廉充滿疑問。

——你當然不會明白，斐梅說，我們生活在這裡許多年多少有感覺，你才不過來幾天。

——我相信柯克廉會看得出來。佳麗又說。

——現在為止我還處在觀察的階段，柯克廉顯出自信的神態，但我相信我會依照我的想法找到答案。

——你自信會找到你理想中的女人嗎？斐梅問他。

——我不知道，柯克廉說，有沒有理想的女人並不重要，重要的是我尋找的途徑。

——那麼你對珍尼絲的觀感如何？

他沉思了一刻，重新把她說的事回憶一遍，覺得斐梅的暗示也頗有道理，只是還不明瞭真確的真相是什麼。

——妳知道我對人或事的情感常依憑著其中是否有特殊的意象顯示出來。柯克廉自白但不直接談他對珍尼絲小姐的觀感。

——我可以感覺你對她印象很好。佳麗說。

——可是我對她印象不錯並不是在外面我和她單獨在一起的時候。

——那麼是什麼時候？斐梅具有很高的興趣問道。

——就在她走出畫廊的那一刻。

——有什麼特別的理由？斐梅追問他。

——搖擺的背影。柯克廉說。

——她走路的姿態醜陋極了。佳麗批評說。

——就是這點引發我的想像。柯克廉說。

——實在不可思議。斐梅嘆道。

曹林走近來問斐梅今晚的宵夜有什麼可吃的東西，珍尼絲小姐就在此時像一位神祕女郎走了進來。曹林上前去稱讚她的漂亮打扮，她穿黑色長褲，外套脫掉後身上穿著低胸無領的罩衫，的確顯露不凡的姿容，與白天她的探險者的模樣判若兩人。佳麗被人拉去湊成四個人打麻將，珍尼絲小姐和大家略為招呼後坐在柯克廉旁邊。曹林表示有點事要和斐梅密談，他們走進斐梅的書房裡去，沙發這邊就只有柯克廉和珍尼絲小姐兩個人。

柯克廉把酒杯舉起來。

——妳喝酒嗎？他問珍尼絲小姐。

——我喜歡。她接住酒杯啜了一口。

柯克廉亦喝了一口。

我們剛才提到客廳中的二盞吊燈，它們像是懸掛在空際的二個大圓球，一盞是橙色，一盞是藍色；賭撲克牌和打麻將的人把他們的頭頂上的橙色吊燈關掉，換了有燈罩的座燈，光線集中照著桌面；沙發這邊的藍色吊燈光度只維持著一種憂鬱的夜迷的氣氛。很神奇地客廳的這一角配著米黃色的大片窗簾布，柯克廉感覺到他似乎置身於夢幻的異地。原先佳麗和斐梅在此坐談的時候，燈光的感覺好像還很明亮，他懷疑是不是吊燈設了可供自由調節光度的開關，一定是他和珍尼絲小姐招呼時，正好是斐梅應曹林的要求離開的時候，在柯克廉沒有特別注意的情形下，有人順手把光度轉暗了一些。可憐的柯克廉的身旁倚靠著珍尼絲苗條的身體，她的整個形姿給他的感覺是沉靜而陰險的，她似在靜待著什麼，一雙鷹鷲般的眼睛不斷地注視著他。他甚為著迷的和她相視，雙方都似乎存有試探的意思；我們的柯克廉有一度伸手握著她放在身旁的手，她的手指瘦而長，撫摸它的時候感覺它是有突出的骨節。我們相信這些舉動都是盲目的，只有受某種意識的支配，起碼對柯克廉來說是如此。不過在這樣的情形下，我們也不否認可憐的柯克廉是有點衝動，有點沒有考慮後果，也感到滿身的震顫和寒冷，受到一點飲酒的影響。奇怪的是，柯克廉自己以後回憶，他在這種意圖沉醉但懷著疑慮的時刻，突然眼角瞥望到角落放在音箱上的一尊坐姿菩薩的暗影，使他想到丹霞禪師在北京城大廟的一段驚駭俗世的舉動，一時給可憐的柯克廉信心大增。對方從他的眼光和神情中似乎瞭解他的意旨，於是起身站在他的面前，隨著音樂的節拍舞動著她那柔軟的肉身，柯克廉集中精神盤腿而坐，目不轉睛地注視她那輕盈而有韻律的舞蹈。有一刻多鐘的時間，柯克廉已經忘掉他置身之地，完全陶醉在忘我的迷幻裡，昏昏然似在上升漂浮之中，直到斐梅和曹林由書房出來站在柯克廉身邊注視他嚴肅的神情，珍尼絲小姐在他眼中的舞影才終告停止。

她突然表示有些不舒服要回去。

——我陪她回家，柯克廉站起來。

曹林已先去取來珍尼絲小姐外套，那外套也是他早先替她脫下而拿去存放的。

——我和她較熟，我送她。曹林說。

他為她穿上外套後與她走向門口，隨即離開。他們走後，柯克廉因感疲倦就到書房就寢，以後在客廳所進行的事他一概不知道。那些人什麼時候走的，有沒有吃宵夜，根本不是他關心的事，翌日清晨他醒來起床，發現曹林睡倒在沙發裡，身上蓋著一張氈子，他站著注視他沉思有一分鐘；斐梅和佳麗的臥室房門緊閉著，壁上的電鐘指著六點，兩盞吊燈像無生命般消失光采，於是他留下一張字條在桌上，悄悄地離開。

第十章

清晨回到單身宿舍的柯克廉馬上生火燒一壺熱水洗澡，他這樣做有一個明顯的意義，就是把昨日的夢魘做一番的清除，洗後當然感到十分的清爽愉快，迷亂和睏頓的生理都獲得解脫，精神備感振奮，充滿盎然的生欲。這是他自從進城以來從未有的新鮮感覺。隨著洗後的清朗意志，也把堆積多天的髒衣服，乘著活躍的雙臂猶未鬆懈下來，趕緊勤快地在水槽裡揉洗一個多鐘頭；要花那麼多時間，是他回身進入房間的時候，瞥望到床上的白被單彷彿蓋了一層沙粉，因此把它抽了出來，同時看到床下的一雙運動用的白布鞋似乎也沾滿了黃褐的塵土，所以一塊兒拖出來刷洗。這一切內務做完已快中午，也感到特別的飢餓，今日是星期假日，他便穿著木屐從教室後面的花園經過，到校外的一家小攤子吃了二碗米飯。昨夜聚餐的油膩還留在胃腹中，有一道菜名叫紅燒圈子，初嘗一塊感覺味美，多吃了幾塊後竟然產生厭膩，現在猶留著噁心；計算昨日一天，從中午的清燉排骨麵到晚上的燒餅夾牛肉，和今早的豆漿饅頭，全都是麵粉類，所以特別想念米飯的甜淡和純淨的氣味。平時他只能吃一碗半米飯，竟然開懷吃了二碗，而只叫了二小碟青菜和一碗蘿蔔便湯就圓滿解決了。這種簡單的私人的餐食，正是這邁向奢靡的時代還普遍存在的清為的典型例子。這對認知年紀的柯克廉來說並不是誇張的憤慨，反而是頗感自滿和諧調的享受。這一次重返城市已經不比往日年輕激憤和頹喪的時代那樣充滿難以抑制的脾氣，對於斐梅的慰留自始就抱著幸運和幸福的感想，使他具有一份能力面對生存的使命，因此苟全性命的日常需要便看得異常的淡薄和不重要，對知識的主觀追求已經完全佔了優勢，不再有徬徨和不定的苦惱。他躺在木床上回憶昨夜的幻夢，整個輕佻的事實輕易地推給了喝多的酒。在餐廳時他就有點沒有控制嗜飲，所以才有那一場觸怒斐梅的詢問發生，再加佳麗手調的精妙美酒，便造成了幾近不能收拾的場面。慶幸的是清晨醒來時夢魘已隨睡眠消失，看見曹林在客廳沙發平身仰臥的淒涼景象，固然有著一陣觸目驚心的傷感，起碼這種事已不會再發生在他身上，慚愧的是彷彿他是代替我們的柯克廉睡在那裡，對這位年輕博士而言，簡直太不配著他的身份應有的享受。再看斐梅和佳麗緊閉的房門，那是喻示著她們應付生活的熟練技巧；這兩個人猶如完美的造物，分成二個形體，被命運機緣牽連在一起，一個具有靈魂，一個只有美麗的軀體，恰巧又安排著一位在疲乏時容易睡倒的看守者。留下給斐梅的字條寫得很明白，要維續這樣的生活必須常常有單獨冷靜的反思時間；因為這種不規則的現代日子，固然有它的興奮和刺激，卻不免會用盡精力而覺得無比的厭倦；常常導致思想的高潮，卻會在事後備感空虛，因此就更需要休息的時間來恢復精神和體力的兩重支出；換句話說，現代的生活有如潮水一次又一次淹捲的波浪沖向岩邊，在撞擊之後必有一段退縮和沉靜的時刻，然後依照自然律又會有另一次的衝擊醞著前來。這個休憩的時間他把它定為一個星期。明白地說在這個星期內，他打算料理自己的事，不會進城來找他們；相同的，他也想到他們也有自己要辦的事。他留下字條是做為他誠懇和諒解的表示，有必要的話也有祈求對方諒解的意思。他儘量守住在屋內看書，這個階段他對書本的興趣著重在知識和審美的覓求，補充他沒有在大學深造的專門學問。有時他看書到深夜，記載許多的筆記，運氣好的話在睡眠時沒有做夢，第二天他到學校上班，心裡很明白對自己有異於前日的滿意感覺。這種自滿使他不必太注意外面發生的事；譬如他不太認真看報紙，要是看也只不過在標題上掃視一遍；他甚至於不需要找人講話，與同事之間自然地保持非常明顯的疏淡的關係。他心裡沒有成見，不像一般斤斤計較於現實事物的人需要採取維護自己立場的顯明態度；他常覺眼前的事物猶如虛幻的掠影，而置身於事物之外；他是否被人稱為怪物他根本不計較在心裡，就是偶而從別人眼光察覺或碰巧在隔壁聽到，也不會影響他的情緒；他把一切的感受全壓進意識的最底層，而保持外表的平靜；他不太在乎自己和別人的分別，因為有別在他的思想裡是當然之事，完全合乎自然；不過世俗大多數人卻諱忌這種思想，他們恐懼在外表上顯示出特異來。另一方面他心理上的一視同仁也形成他與別人的最大差異，總之他所不太關注的這些表相，正是別人產生極相反不同的觀感之處。

翌日他照常去上班才知道在這個星期內有一個國定的假日，辦公室裡紛紛在討論如何利用這個假日去郊遊，彷彿他們在這樣的日子憎恨待在家裡。柯克廉心中竊喜，一旦獲知大家的去處，那麼他便能找到一份自己的孤獨，他的習性使他避免和別人在同樣的時間採取同樣的行動，這樣的日子別人如忙於外出，那麼他便可以守在屋裡看書享受寧靜。他的心隨時隨刻都在維持著一個淒涼寂寥的世界的存在，也唯有這樣這個世界的景象才能觸引他產生愛憐。他猶如孤獨的星辰在太空航行。我們當然懷疑他這種心性是否正常，難道多彩繽紛的世界的歡娛所給他的就是這種正是相反的感受嗎？可是直到那天已經降臨，我們的柯克廉本以為可以照著他私自的想法安靜地在屋裡閱讀，沒有想到這種歡騰的日子所瀰漫的氣氛，從他醒來開始就在感染著他，使他留在屋裡無論如何舉足都覺得很不對勁，有一份奇異的直覺在牽引著他，就像他在鄉野居住時一到某種時刻就有一位全知者通知他，就是在那時候他正在做著緊要不能放開的工作，也會突然莫名其妙地氣躁浮動起來，只要暫時放開工作到他常去散步遨遊的小山上走一圈，那麼一切又都會恢復原來模樣，重新獲得定力和冷靜，這種令人不可思議的怪癖日久就成為他的自然的習性。但是那天他不能安寧在屋子裡可不是城裡有熱鬧的慶祝活動在招呼他去，他反而默默一個人到了火車站，搭乘一班火車離開，在一個古老的小海港下車，這個風景古樸秀緻的海港小鎮也不是他的最終目的地，他又換乘一輛公路汽車到了一處鄉鎮，到了這裡我們猜想他一定是為了拜訪昔日的友人，我們知道這位柯克廉在二十歲的時候曾經在此任職教師居住了三年，是他第一次被委派來工作的地方，那麼這裡有什麼值得他在經過十五年之後突然地降臨的理由？值得注意的是他直往這個小鄉鎮的小學校，腳步像一個夢遊者要返回他開始出發去漫遊的地方，表情沉鬱的從一處破圍牆的缺口進入，今日是放假天，那個場所必定顯得十分的沉寂和空洞，那裡再不會有認識他的人前來迎接招待他，他單獨一個人從草地不均的操場橫過，有如幽魂在烈日下稀薄地顫抖移動，像照相機鏡頭裡模糊影像，焦距一點一點地輕移，然後明晰地停止。他站直僵立在跑道的緣邊，有如一位教師在早晨升旗時站在列隊齊整的學童前面，可是他的眼光並不朝旗台的方向注視，卻直視教室牆壁的玻璃窗，他終於看見自己的身影確然地映在那裡。他回憶十五年前最後站立在此地的驚慌感覺，他幾乎每天都在早晨升旗的時刻看見他的瘦長的影子映在對面的玻璃上，但忽然在那一天，他赫然發現他的影子在他緊捉不放的注視下悠然移開消失。這是他十五年來漂泊不定覓尋自己靈魂的原因，他在今天回來就像是結束了這場漫漫長途的辛苦追索。這個沒有驚動任何人的儀式對他是多麼重要，從現在開始他的行為和思想都將有一位嚴明的主宰來為他負全責。他回歸於祂，信仰祂，崇拜祂，他再離開時已不再是個徬徨的人，他有信心有堅定的理念，他將去面對真實人生而不是逃避現實。人生虛幻之說那是實實在在不是烏有之事，可是真實的人生也是正確無誤的事實，當一個人有其自主獨立之刻便能經由自己的經歷證明。過去的都是虛無幻境，未來的是不可觸摸的夢想，現在的才是貨真價實的真實存在，這對我們的柯克廉來說是種充滿神祕的體認，也是他必然的路途。

做完這件事的柯克廉並沒有立即搭車返回城市，他憑著記憶尋著那時期經常散步的路途到達了海岸，而今天的天氣卻意外的晴朗，雖是秋天的季節，依然還有夏日熱力的陽光，他想今天恐怕是今年最後的一次好天氣，因此乘著極佳和穩定的心情沿著海岸行走，思緒裡正盤繞著回城後所要做的種種工作，自然的風景不斷地收入他的眼裡，正好助長著他內心的醞釀，迎逆新鮮的海風更加促使他產生往前邁步的力量，如不是這些大自然的激勵，料想他不會有如此良佳的興致。再往北走數里路就可到達白沙灣浴場，現在他正有迫切的需欲要在那裡吃一頓飯，午飯的時刻早過了，料想那種地方任何時刻都能買到食物，那麼吃飽後便可以從那裡搭車回城。

他爬上一座海岬，從頂上岩石的隙縫已能見到美麗的沙灘，和一片人潮戲水的動人景色；這個景象恐怕也是今年最後的一次，每年在十月的節日之後各海岸的浴場都會因天寒結束營業。他無意的到達這裡算是完完全全的巧合，不是事先有計劃，也沒有要沐浴的打算，也不是來偷偷地觀覽情侶的歡樂；前面我們提到他的行為常常受到潛意識的支配，不是有意的計謀。當他突然的瞧見遠離集中的人羣低首俯身在臨近的岬邊撿拾的斐梅時，不禁大大的驚駭了一下。她也離開城市來到這裡，這簡直是非常不可思議的事。他就坐在岩石的凹處休息，從上俯視她的半側的身姿，她沒有穿泳衣，所以極容易辨別是她無疑；她有漸漸走近的趨勢，可是絕不會看到他，突出的岩石正好遮住她從下往上看。目前他只發現到她單獨一個人，他並不相信她會單獨一個人來這偏僻的地方，只為了來撿拾一些海岸的留物；他想撿拾之事只是來這海灘附帶的餘興項目，也不會是到此地來的人都這樣做。她沒有攜帶任何可裝下撿拾物的袋子，她的模樣似在刻意尋求某種心許之物，目標恐怕也不是那些常見的貝殼；她彎下腰拾起一件細小的東西，在岬上的柯克廉看不清楚是什麼，她拾起那個東西後就轉身走回去。這時他集中目力在她的身上，以免她到達人羣的地方落失了她的蹤影，可以憑著她來發現誰是和她同來的人。但她走的方向不是朝人眾戲水的地方，她漸走距離海水愈遠；她也不到浴場有篷蓋的休息室的座位去，她直接走向停車場最旁邊的一輛白色小轎車；她走近時車裡出來一個人，距離相當遠，但那輛車和那個男人的身姿，柯克廉相信他就是白夢蝶先生。

這個發現使柯克廉一直停在岬石上沒有走開，他有一種甚為難堪火熱的心情。他們的車子開走了，不是往南回去，而是駛向相反的方向，好像這個地方只是他們中間暫停之處。依他的判斷，他們必定繼續繞著海岸行駛，下一站可能是金山，然後經由基隆回到台北城。其實他們到底要去那裡，對柯克廉來說都不再重要了。

他跳下來，立定在沙地上沉思一分鐘。可憐的柯克廉就是像化石立在那裡一點鐘，甚或一整天，一個月，一全年也不能解決他心中新的難題。這個難題根本不是他私自的愛慾的問題，而是如何今後面對斐梅的問題。要是他從今之後能避免和她碰面，將他所親眼看到的永遠埋在心底，只要斐梅不知道他看到，那麼他就不會如此難受，讓它像輕煙飄走。但是不見到斐梅是不可能，如果他現在趕回城市立即帶走行李不告而別，這種舉動料想她會追查到底，無論他在天涯海角，斐梅必不放過他。可是可憐的柯克廉如何在回城之後去面對她而不誠實地說出他看到的事？他不能和她及他們那些所謂家族的人在一起而內心隱藏著這件事。他考慮到他說出後他們相信他的誠實的可能性有多少，無疑，說出來後會更糟。首先他不知道其他人是否知道斐梅和白夢蝶先生出遊的事，還有他們為何事單獨相偕出遊？他想他們的出遊必有一番私自的任務，而不會是純粹為觀光；他剛才觀察斐梅的種種舉動斷定絕不可能是假日的輕鬆旅遊，她的姿態根本沒有顯示歡樂的氣氛，她和那些戲水的人們的輕躍體態完全不同，而且她和白夢蝶先生為何不找個位置喝飲料休息談天看風景呢？可是他們環繞海岸一周的意義在那裡呢？誰能解答這個問題？除當事人外還有誰會知道？佳麗？曹林？珍尼絲小姐？他想他們三個人也不會知道。要是他在她走近岬石的時候叫住她，讓她知道他在這裡遇到她誠屬偶然，不，阻止他這樣做的是她的神祕姿態，而他又如何向她道出他自己的一番祕密呢？他的生存的軌道原是他自己困惑的問題，必不是三言兩語就能對她解釋，而能馬上在這沙灘互為瞭解的事。他沒有叫住她說明這件巧合的碰見，只是那時另一個關鍵人物還沒有出現，不能說柯克廉沒有這份好奇心。他考慮到他的出現恐怕會侵犯到她的私人行為，否則來到這種遊樂地方，家族中的人員必會互相聯絡，一齊攜手歡快地來度這一天的美好光陰。

回到城裡已是黃昏時分，街道上充滿假日閑散或奔走追求消遣的人們，經過餐館門口望見裡面擠塞著要進食的情形，幾乎都是整羣結隊笑語橫飛，使我們的可憐的柯克廉怯懼不敢貿然單獨進去，他害怕孤零地進入時侍者的另眼相看，以及餐客的懷疑眼色對他投射過來，好像這種場所一向就是排拒著落落寡歡憂鬱頹喪的人。他心中的鬱結此時迫切地想向人傾訴，想向一位足可信賴的人做懺悔，述說自己如此不幸的遭遇，希望這個人能夠做為他表白的見證。他漫漫遊走約有一個小時，只剩下那不息的尋訪的精神在支持著他纖瘦的軀體，而他十分自醒地瞭解主宰著這軀體有一個謹慎監視的靈魂跟隨著行走，甚至可以說這靈魂在領著它走下去。他幾乎走遍了整個城市，找不到一間可供他走進去默禱片刻的教堂，因為它們都鎖著不開放，也想不出有任何一個人是現在可能對他有所幫助和解圍。

他走到圓山下那座橋，看見燈光照耀下的凝重的水流使他駐足幾分鐘，要是那水流清澈必能倒映他的疲憊容顏，使他能親眼見到他留在人間的苦楚。可是他的靈魂在內心裡讚美他，因為從這裡可以顯現我們的柯克廉的情感，便是他那最可驕傲的良心。他自認他的人生便是毫無償報地也毫無條件地要奉獻給他理想的戀人，這個意志無疑一步一步導致他為人類承受情感的折磨。他為這種美感生活，也為這種美感受苦。

當他走到士林地區，他的思想暫時為一段舊時的記憶所取代，那就是他辭去鄉下小學校教師的職務徬徨地初來城市時，與數位同等潦倒的人在蟹居的經過情形，他想現在他們已不可能再復活出現回到此地來與他重聚，時光已逝，留下來的是此時要經過此地的可憐的柯克廉。因此他何不像是去訪晤舊友的心情轉到大廟前去，到那些夜市的攤子喝幾杯酒，吃炸豆腐和煮魷魚，就如往日與那些幻想家在一起時一樣的飲醉。可是我們的柯克廉孤獨地坐在長板凳上，幾杯酒下肚之後卻引不起舊時的情懷，是不是沒有人可交談？還是沾魷魚的醬油變味了？周圍人們的污髒的語言和黃色豔事使他頗為掃興，他付帳離開，順道走進大廟，那裡到處是坐著皺臉的老人，而神像不知何緣對他怒視，使他膽寒而退。

他回到大路上，這是一條不再有街燈的郊外黑漆大路，除了飛馳而過的汽車燈光照射他外，他不啻是黑路上的幽魂。自他晌午在那小鄉鎮的操場重見他的身影之後，他現在無時無刻不自覺著這魂魄所依附的重量和印象。無論如何，他不論告訴任何人有關他自己的那個荒謬行徑，但他怎能誠實地說出自己在岬上所見的事實而不連帶說出他的行為的理由呢？他能用一個杜撰的故事來做為到達海灘的藉口嗎？而一個虛造的理由一旦說出，將來如何重獲內心的平靜呢？而目前他的困境並非逃避或死亡可做為萬全的解決。他顛簸不穩的腳步邁入無人的校園，他感覺此處的漆黑和寂靜有如墓窟；他的步伐的聲音在走廊間迴響著，此刻大約已是深更半夜的時分。他的宿舍在最為偏僻的角落，他那模糊的眼睛奇怪地看到由那裡投出的亮光，他懷疑是否在他早晨外出時沒有關上電燈，他駐腳沉思片刻，疑問著自己是否走錯了地方，還是有誰在他之前蒞臨他的寒舍；他發覺有晃動的影子在裡面閃現，他的心臟因疑懼而加速地跳動，他推門進去，赫然重見斐梅立在他的面前，不止是他，還有家族所有的人和白夢蝶先生；但此時他眼中所見到的他們，都像是肢體腫胖不均勻的怪物，身著奇異的衣服，帶著獰笑陰森的面具對他露齒呼叫，彷彿羣魔佔據著他的巢居，守候著他的歸來而要加以逮捕，準備對他要加以撕裂吞噬，他終於向前撲倒昏迷在地面上。

第十一章

翌年初夏我們的柯克廉回到台北城來履行他未完的任務。在現實界裡他的教師的職務還保留著，只等他康復回來繼續未完的工作；在他心底裡那理想的女人還未能塑造完成；而在他那思想的理念裡他盼望能尋到白馬的踪跡。我們可以說這三件事就是構成目前柯克廉生命的存在。記得去年秋末之際，他貧血的肢體和特別脆弱的神經，經過一場劫難不支倒地昏迷之後，好心的朋友們將他送進醫院急救，經過醫師細心謹慎的診察提供一個康復的建議，因此柯克廉又轉送到鄉村的聖母院去療養，在那裡有修女的看護和神父的引導，使他的智能和判斷的理智都恢復到正常。在他過去的日子裡，我們所指的是他未到這所特殊的醫院之前，柯克廉對宗教方面的知識只偏重了禪佛的一點淺見，而自從與那些會說台灣話的義籍神父有了交往之後，他成了他們指導下的一位勤讀天主教聖經的學生，這方面的習修對他身體的康復幫助最大，在那裡的後半期，他已不必再靠醫藥，完全依靠著學習的興趣和精神的集中。整整半年的時間，經過冬季的治療和春季的恢復，他幾乎變成另外的一個形象，外表是白皙像半透明的蠟像，身體四肢清瘦了一些，但恐怕也變得更具氣質，或者說更能增加別人對他的印象。神父准他回到台北城，固然基於柯克廉本是一個完全健康能付出工作體力和精神的人，最重要的理由是對他的思想願望的一番瞭解，知道他內心永遠不能消除的意志，如若不讓他的生命繼續依其志願而燃燒，那是不合上帝造物的意旨，違反自然生命的命運。事實上這段修養的時間並非我們所意會的做為矯正他或有所缺陷的本質的一種囚禁，確切地說，更像是讓他做了更充分的準備，加足了他的信心，培植了更為堅實的能力。身為神父的醫師們對他有著長期瞭解為綜合看法，認為對我們的柯克廉禁錮反而有委屈生命的嫌疑，有如對一棵成長的樹給予人為的戕害，迫使其枯萎的罪過；基於人性的理由，他們讚賞他的想像的美麗花朵，認為他應享有自由而去經過歷鍊，使其在最後獲得完美的結果。他是宇宙間的一粒沙塵，應受自然風力的吹襲而自由飛揚，最重要的是他沒有破壞性的惡力，他心中的愛是促成瞭解這人寰世界的一個良佳的工具，他有未完的使命，應放行他去完成。基於神學和醫學的立場，也有繼續透過他自由的行徑加以考察和證明他的本質。當然這對我們的柯克廉來說，他並未知悉他們對他的寄望，只是表面受到和善懇切的祝福，祝他未來的快樂和健康。

回城前，他當然也有充足的對自己的估量和自省，他有萬全的心裡準備和打算，對於未來的存活他將順其自然賦予他的秉性去過他的單獨生活，首先他要面對的就是在去年突然中斷的現實。他回憶前段的時光，已有一點成就的雛型，透過他的省察，已漸有撥開雲霧的跡象，甚至經由他的眼力和智慧的判斷，事物已有顯示真理的意願；而這後半的行程依然必須借重他的呼吸，借助他特有的冷靜思維，甚至利用他心力的熱情。這一點我們沒有另外選擇的考慮，而是更加的信賴他的操守，將重任託付於他的身上。他回城正是初夏，梅雨紛飛的春天已過，時節對他頗為有利，省卻了許多細碎的瑣事的參與，而在那段時間的過程，有慈惠的斐梅每個月一次的親臨探訪，也有書信的記錄，使他不至於完全斷去思想的脈絡，而沿著這條路跡才使得他回城不至於重感陌生。事實上只要斐梅存在，那麼一切關係依然如舊。

我們不得不說使柯克廉在初期的療養中的沉墮意志復甦的完全是斐梅懇切的請求達成的，因為在她自幼年隨家移居來這個島嶼的混雜時代裡，在二十多年種族混合的生活體驗中所認識的現實，使得她不得不在此刻重視著像柯克廉這樣的一個受盡委屈的良知的生命，她不但深愛著他的純良個性，而且體恤著他的先祖在異族統治下的辛勞代價，與這種人為友，不僅是這種人在生活中所具有的不俗的情趣和高雅是人類所相與和諧和快樂相處的來源，而愛護這種人對於歷史的未來也才有光明的遠景。她非常鄙視另一種持續歷史命運所安排的那些阿諛的奴性角色，這些人在現實裡都有欺詐前者的可憎的面目，就像我們在這個大城裡為大多數知識份子所熟悉的藍白先生，也就是在我們的故事前面所記述的柯克廉受到現實挫折的那一面粗糙的牆壁。她非常明白她本身是個開放而喜愛廣交的一個靈體；換句話說，她喜愛生命的各種活動，喜愛傳統賦給她的肉體的秉性，她渴求享受人生，她有點熱情不羈，但她的理智裡警告著她所應有的約束，她必須在良知的統御之下做生活上的一切享樂。在知識裡她知道哲學的好處，在她一切快樂都得仰賴與她交誼的人們時，無疑在她的哲學裡也需要一個仲裁的人物，而頗難能可貴的是她和柯克廉的因緣，這是她在他病危時沒有捨棄他而盼望他康復的理由。總之，一個遊戲的生靈只是被利用的扮演角色，而歷史需要一個見證和記錄內容和形式的人。一個在尋求快樂時能自覺憂患影子的人，才有選擇友誼的權利。做為這個舞台主角的斐梅而言，他重託柯克廉的不是現實的彌足而是未來的需要，這是她生活的技巧也是本質的一項祕密，圍繞在她周圍的人們可以排斥柯克廉，但她本身在能掌握的時機裡，她不諱忌他的出現和存在。而他會接受她的要求回城當然是他們又有一次的誠懇的瞭解，和她對他的善意的誘惑，她的技巧就擺在這一句話裡：
——大隱在城，小隱在山林。
她告訴他：
——白馬出沒在城裡，你所要追尋的理想女人也在城裡。
這是她和他兩相情願的利用。
有一件事是他遠在鄉村的聖母醫院斐梅去探望他時就獲得了澄清，她來時柯克廉引她到病房大樓後面草場上一棵樹下的石凳坐著交談，在春天的微微暖意中，他發覺斐梅的眼珠備覺黑亮可愛，她臉上的憐愛的微笑一點也沒有刺痛他的自尊心，她看他的健康已大為令人滿意，高崇的額頭因削瘦的臉頰和細長的脖子顯得更為突出而富有重量，他的心情平靜如昔，態度有更進一步的溫文和禮貌，聲音發自鼻腔上的頭部，雖細小但很清晰，再見到這樣一個可愛的人的健在幾乎使她有些情緒激動，要對著晴朗的空際直呼感謝，甚至要將他像嬰孩般地緊緊摟住擁吻一番。這一切觀感最後表現在她用力地緊握住他的手的舉動中，他一直在印象裡認為她的手溫熱有力，而這樣激情地緊握反使他覺得有些痛麻，不但出乎他的意料，亦出乎斐梅自己的意料，是他有掙脫的顯示才為她自己發覺。
——我握痛了嗎？她有些不能原諒自己的羞紅升到臉部。
——沒什麼。他低頭來檢視自己瘦小細長的手，他的手極酷似女性的纖手。斐梅注視他那比自己要瘦和薄的小手，剛才她握痛它，現在她用雙手憐惜地撫摸一番。
——我就是常常這樣不小心。

她的話的意思當然不是單指這件握手的事，不過這件事的確對她來說是相當的特別，是她與別的男人在一起時絕不會發生的事。

——這不是妳的錯，斐梅。

柯克廉天生體諒他人的胸襟，是此時他和斐梅能夠再相交通的憑藉，使她不禁高興地叫出來：

——你好了，我很高興你已經康復了。

柯克廉鄭重地表示他自己的意見：

——不錯，我現在遇有寧靜的時刻便做一些記憶的檢視和反省，我的信心已有增進，有待……

——我明瞭，斐梅說，我完全的明瞭。

他注視著她想尋找她所說的明瞭的答案；斐梅看到他那富於探索的眼光馬上就懂得他的意思。

——我一直感到焦急的就是還未見到你的恢復而告訴你那件事，她頗為明白地說，現在我不怕了。

柯克廉點頭承認，他說：

——我在最近的這些日子正是有所等待，我盼望妳的到來。

——我現在就告訴你，斐梅說。

——等一下，我不要妳的長篇的直訴，柯克廉顯露奇異的表情，在這暖和的陽光陰影下，我還是覺得有點寒意，所以我自己要斷斷續續地說話，使我的身體的血液得以暢流生熱。

——在你的面前，她注視著他微笑，就用你喜愛的方式。你知道在城裡，他們就得依我的方式。

——我清楚，柯克廉說，謝謝妳，妳尊重我。

你是個唯一受我敬重的人。

這一次是柯克廉主動地去握住她的手。他坦誠地先自我招認地說道：

——在我記憶中的最末一次記憶裡，那天晚上我看見妳立在我的房中是我在那天第二次看見妳。

聽到這句話的斐梅馬上做了機敏的思索，似乎對他所說的事實頗為興奮。

——那麼第一次在那裡？

——白沙灣的海灘。

——你在那裡？她感到驚恐。

——就在妳靠近的岬石頂上。

她迅速打開手提包拿出一個灰色的東西遞給柯克廉。

——我特別為你撿的一顆小石頭。

他把它握在手裡，端詳它的光滑的形狀，沉思片刻，終於領悟到一點意義。

——將它代表我？

——就是代表你。
——為什麼？
——那天我們親臨你的宿舍時，你已經走了，我們希望你一起同往。
——郊遊？
——不僅只是郊遊，附帶有一個任務。
——什麼任務？
——在長時間的怠惰生活之後對理想的盼望，斐梅說，這件事也符合你的白馬詩。
——你們也去追尋白馬？
——所有的人都去，我們會聚在石門的海灘，然後一個一個通過那道門戶，雖然是一種遊戲的儀式，卻滿足內心的需要。
柯克廉把石頭握緊在手掌裡。
——那時我手中就是握著代表你的這顆石頭。
——為什麼不在路邊隨便撿一個？
——我當然不會。斐梅說，我總是隨興做事，否則我什麼也不做。
斐梅反過來問他：
——那麼你為何一個人到那裡？
——我也是到那裡去完成一項儀式。
——什麼儀式？

——去證明我走失的魂魄是否回到我的軀殼。

她思索片刻；她無法理解。

——為什麼？

——這是一項我私有的祕密。

她點頭表示領會那是怎麼一回事。

——那麼一切都是巧合了。

——正是。柯克廉說。

斐梅完全能瞭解為何他不從岬上跳下來會見她的原因。至於回憶那天的行徑，她感悟到他們像是不實在的人物活動在不實在的場景裡，只有一個共同點是大家都有那種邪教癖的意識存在心底裡，一遇到身份的變幻，便會扮演出奉拜的儀式來。

——這樣說來，那天的城竟是空的。柯克廉回憶著說。

——不錯，斐梅說，首先我們發現你不在城裡，當我們分搭兩部車離城時，我們在回望中覺得那是一座沒有人類的城市，否則就是居住著一羣不相同的人。

——這是全知者的安排，在我的原先計劃裡，我在那天是想留下來讀書。

——要是我們找到你一同前去，可能我們都不再回來，我們回來是為了看你是否在家。

——你知道，柯克廉說，我答應你住在城裡只是尋訪早已走失的神話，關於那白馬，甚或為我自己在現世追求一個理想的女人。

他的情感的幻覺和清明的理性交融在一起所流出的話語，最能感動對他愛憐的斐梅，在她的心中常因這種傾談而充滿著激奮的快感；她滿心喜悅他有回城的希望。

——但是我不解為何你見到我們時昏倒。

——昏倒？柯克廉充滿苦惱和疑惑地說，然後他似乎理解到這是怎麼一回事。是的，我曾昏倒。

至此他就不願再談這件事，把手中的海石交還給斐梅。她撫摸片刻後收進皮包裡。她說：

——我一直帶著它。

柯克廉突然顯得活潑而認真。

——白夢蝶先生知道嗎？

——知道，她說，他是個精明細算的人。

——他的意見如何？

——他瞭解整個的事情。

——我有一種想法。他抬起眼睛注視她。

——但願不要想得太離譜。她說，她有些笑意浮在臉上。要告訴我嗎？

——我想白夢蝶先生會向妳求婚。

——許多人都這樣以為，她平靜地說，但你也這樣認為使我有些意外，我總以為你有超高一等的想像力。

——我一直堅信著這件事。

——完全不可能，柯克廉。斐梅說。

——那麼他的目的為何？

——我和他都不期望有這樣的一個可笑的結果。

——那麼妳和他的感情是什麼？

——我同情他的遭遇，柯克廉。

——他的那一件遭遇？

——他喪失了兩個女兒。斐梅說。

柯克廉終於明白這到底是怎麼一回事，他的記憶裡現出水池花園的那塊兩位少女的黯淡的浮雕。經過斐梅的詳細敘述，白夢蝶先生的家庭悲劇是造成他信佛和絕望的原由，她說那兩位與斐梅年紀相若的女兒是被一位瘋狂的男僕所殺害。

——為何妳在先前不告訴我？

——我不是說過要你去細心觀察嗎？斐梅說，現在當然已沒有必要再保守祕密了。

的確，當時柯克廉奉她的意思去拜訪白夢蝶先生時，她就告訴他要他自己去尋找答案。固然這事在此樹蔭下揭露出來，多少使柯克廉感到有點慚愧，可是他畢竟也做了令她滿意的判斷，一個人的能力也僅此為止，不可能再超越這個範圍。本來柯克廉想要及早詢問斐梅有關那水池中的兩少女浮雕的意義，竟一延再延到現在。現在當然一切都清明和瞭解，那麼這層疑障既已解開，回城的任務就顯得單純了。

——我就等待你的決定了。斐梅說。

——只要我在這裡修習的功課告一段落，我便馬上回城去。

這是柯克廉對她所做的新的承諾，也結束這次的交談。

第十二章

斐梅的畫廊有越變越雜亂的趨勢，此時已能見到它將有不可收拾的一天的跡象。前面提到斐梅主持畫廊的動機是替畫家謀取工作的利益，完全具有服務的美意，但是一個畫廊維持市民的興趣只是想靠一次又一次的新奇構想來引人注意，恐怕就有殫精盡智的時候。文化的形式如果不是在永久的精神內容上樹立一個不變的立場，當然會有遭人唾棄和失掉依恃而走向末日的狼狽場面。這一點在柯克廉第一次從它的外表環境觀察時便有了遺憾的感想，那時畫廊正在熱烈地推展藝術品向家庭進軍的運動，把城裡的畫家的美術作品降低價格以求多售，俾使家庭裡的牆壁都能吊掛高尚的藝術品。從立意上來說是非常可貴的作法，可是它也有導致讓人誤解藝術品拙劣之嫌。人類在這方面的文化一向就是讓其自然地發展，強求反而要收到更糟的效果，市民的品賞很快地便能反應藝術品的優劣，宣傳只能做到最初的驚喜，品質本身才是不變的真理。柯克廉在早先沒有和她談論畫廊前途的事，是居於斐梅在實際的處理中定有她自己的真實感覺，用不到去干擾她，而畫廊的風格是早已定型根本不可能有所改變。事實上它所容納的美術品就是決定它的主要風格，它的表現是為求急切取利，談不上有獻身於文化的持續精神，因為它並沒有做到刻意的評價而使市民產生信賴，它只是個販賣的商店而已。此時柯克廉在回城後第一次重臨畫廊，馬上看到了一個極其可笑好玩的場面。匹卡索之死固然是舉世的新聞，畫廊乘機舉辦他的一生的回顧展出，但牆壁上卻看不到他的任何一張真蹟，只有委託技巧不成熟的畫家臨摹了一批拙劣的作品吊掛在那裡，不禁讓人疑惑著它的用意何在，難道它叫人來看是為了在此時教育市民對匹卡索的認識嗎？可是對大多數的市民來說，匹卡索與他們又有何親密的關係呢？他們既然看不到他的真蹟，對那些偽作不是要感到十分的失望嗎？與其說用意在使市民見到作品而連帶產生對作家的崇敬，不如說其結果是鄙視作品而連帶誤解作家。還是另有用意，以此新聞來召集人們，希望他們來購買另外一間展覽室裡販賣的風景照片畫？或者是想推銷一本翻印草率的匹卡索晚年的春宮木刻畫集。那本印刷簡陋的祕本倒是銷售得很好，能夠從這賺到一點錢，可是整個畫展的意義就變得曖昧而使人失望了。從這一點就引起柯克廉那十分敏感的道德意識的激憤，對講究風尚的斐梅疑問和不瞭解起來。本來柯克廉對於斐梅的工作和他的友誼之間就有互不關係的默契，但從這一次回城看到她的不合原則的作法卻產生了刺痛的感覺；他關懷的是她的優美的秉性，而不在於她那和諧感人的外表，可是現在卻使他只見到美麗的軀殼而見不到動人的精神形象。他和她的友誼並非一般現代社會潮流顧及的勢力與謀利的往來，卻是講求整體美感的道義親情，因此對於畫廊的面目的日漸低俗和醜惡，就使得柯克廉不由產生了一種驚惶和不安的情緒，懷疑斐梅本身敢情就不是這個畫廊的意志，慈愛的她根本不會有此偽詐的另一面目，使柯克廉在這一次回城懷疑她的背後有一位操縱和愚弄者的存在，只是令他不解為何那樣善良的女性會受人的擺佈。這種懷疑和探求真情的態度，正是我們的柯克廉意識中追求完美理念的一項實際工作，轉化成具體就是他追尋理想女性的目標，這也是他整個人生的美學課題。在這座城裡，第一個瞭解的對象當然落在斐梅的身上，一切關鍵也在她身上，且從她延伸繁複的意義，這是頗為饒趣和需具耐心的問題，他所具有的憂鬱情懷和痛苦感情無不是因為任務使命的艱澀難成，而不可預期的時日和實際事物的曖昧混亂對他來說亦是一種過程中的凌遲，這注定寂寞就是他的人生了。

——你現在就想知道答案嗎？

斐梅在畫廊的辦公室單獨面對滿帶疑問的柯克廉，她有一種極其冷靜的表情，似乎知道一旦柯克廉對她質疑她就能從容的解答他想明白的問題；她的態度正表示著即使有如柯克廉所說的那樣也不至於令她感到恐慌，甚至早有準備只等待著他來發問，因為這種事不應在他們的交誼中成為一種互表真情的障礙，實在是越早澄清越好。但柯克廉從她的冷靜的眼光中另外知覺到她的另一種意識的存在，好似她在反問著他難道這種事也需要由她親口來對他說明嗎？那麼她對他信仰的智慧以及進一步的默契是不是就要一掃而盡了。她注視他，審視著他的充滿期盼的眼光反而令他緊張而有點不知所措，是的，她可以馬上一表清楚，但也可能馬上就此完結一切的關係；如是這樣，人生還有什麼可追求的樂趣存在？而人類的互愛又如何產生高貴的形式？他可以意會到她對他的期望之情，這些都可以一覽清楚。可是他還不十分明白她對他的期盼的內容如何；他不明瞭，他一直處在她的珍惜愛護之下，他沒有想到他是和她同樣平等，在另一層涵義上甚至他比她還要高超。對這點領悟恐怕不是此時就能令柯克廉馬上體覺出來，或許還要一段頗長的時問的試煉。不過現在他已經有所知覺，知道這一層涵義存在他們的關係中，只要假以時日的細心觀察和思索終必能徹底的明白真象。

——不要，現在不必，柯克廉說。你不必要現在就告訴我，它也許並不如我想像的那麼重要。

柯克廉的這種及時的阻止馬上獲得了對方的感激。的確，他明白只要三言兩語對方便可以道出其中偽善的內幕，但是這並沒有多大的好處，當雙方攤牌之後都無能為力為未來做一個完善的打算時，反而破壞了許久以來各人在心智上所努力的一點成果；兩方面都知道對未來的憧憬是多麼重要的事，這才是他們交誼的主題，而不應老是在瑣事上做敵對的激辯。他們都知道人生必有盡期，但唯一的希望和滿足無不是想建立適於生存的形式。人類本身首先需要花費大部份時光來發現這種需要的自覺知識，而願望在另一部份時光來建立完美形式，享受這種形式的自由和快樂。這使面對的兩個人無不常常謹慎地探試對方的意旨，瞭解對方的需要，考查對方的智能，是否能從束縛的環境中超脫而建設一個共享的國度。因此，兩個人的話題便轉到未來世界的揣摩上，做為他們在那聖母醫院後院的樹蔭下的交談的延續，因為這種話題並不能及早在那時就被提引出來，只能等待柯克廉踏上城市的土地，那麼此類問題才具有實際的意義。柯克廉覺得有點心疲力竭，他們的懇談已用了頗長的時間，他表示他不知道未知論是否就是宿命論的另一種說法，還是另有一種新義的解釋。他這樣說，斐梅明白他的意思，知道他此時心情上的混亂，無法做集中的思想，那麼這些問題只好順延到另一個機會裡。柯克廉甫自遠地回城，情緒上的不穩定是所難免，必須唯賴生活上的安定之後，才能將過去混雜的事件整理出一條頭緒。此時的情況對柯克廉來說依然停留在原先的處境裡，明顯地看出他還需要她的多方的照顧，那麼他才能從中產生靈感，從生活的實際觀察裡獲得啟示；斐梅所面對的這個人，仍然是個凡夫而非先知先覺的天才。這種意識所給她的滿足是凡夫總比天才可靠，更能在生活中相慰。這時使斐梅想到早先推託事務繁忙而拒絕的聆賞會，現在卻因為柯克廉在此認為有必要藉此到外面閒逛幾小時，而且曹林和珍尼絲小姐也早有吩咐，一旦柯克廉來畫廊就打電話通知他們，他們一直對斐梅表示有柯克廉在，情趣上總覺得更趨於多樣，起碼他們能夠在閒置的頭腦中再引起一些智能的刺激。這並非是僅僅表示歡迎的客氣話，在生活中遊伴的選擇常常是形成風格趣味的主要條件。從通俗的觀點上來說，這幾個從異地來此城裡會聚的人，如不是互有緣份，還能再說為何？這是時代的特色，豈能忽視他們所代表的時代的特殊意義？這正是我們的柯克廉留城且意趣盎然的涵義所在，而他的自然意識正想從這些人身上覓求情感的和諧和慾望的平衡，從中塑造他理想的戀人與神俊的白馬的形象。

第十三章

他和斐梅乘坐計程車抵達圓山俱樂部的交誼廳時，身披紅色禮袍的珍尼絲小姐歡喜地介紹他們和她的父母認識。這些外國人的父母對於他們子弟的教育非常重視交誼，把他們子女的活動視為一件生活中不可缺少的大事，他們會聚在此類地方都得穿戴著非常考究的服裝，這使初臨此地的柯克廉看到珍尼絲小姐的大紅袍和她的母親的滿身色光感到有些奇異，甚至產生好笑的意識，這與他隨便的常服比較起來就顯得格外的對比。此時，他和珍尼絲小姐由於場面的混雜根本沒有機會進一步交談，只有在表情上互表驚喜，僅僅用著臉上的微笑來權充表示。她看到斐梅與柯克廉同來當然滿心的高興，早先斐梅是拒絕一個人來此，她又改變原先的主意是現在有柯克廉做伴。走到裡面才看到曹林早已先到，單獨坐在一個角落的位置埋首看書，旁邊的椅子上放著他隨身不離的黑色手提箱，我們都已知道裡面完全是他的工作必須的行當，資料文件之外，有時還會塞進內衣之類的東西。經過一段時間的生活薰陶，柯克廉從他的外表就能看出他變得非常地沉篤，去年他剛從美國回來的幽默外表和輕鬆的語音已經消失了，可以料想他的工作十分的繁重和瑣細，臉色有些蒼白，但沒有瘦下去，倒是有點不良的腫胖，大致上外表還是很光潔，很冷靜，像在這種吵雜的場所也安得下心閱讀他在大學教課應準備的歷史書籍。難能可貴的是他站起來，走出位置和柯克廉熱烈地握手問好，固然像他那樣由背後去看實在有點沉悶的一個人，突然會生龍活虎地躍起來，多少讓柯克廉嚇一跳。他喜形於色地說道：

——我們真盼望你許久了。

——是嗎？這是柯克廉受驚的直接反應。他的意思並不是語句上所載明的懷疑，而是比較接近如是這樣的確太好了的意思。

可是曹林還是進一步很誠懇地說明：

——的確是如此，最近知道你要回來，我們都在談你。

——是嗎？

在外表上顯得有點遲鈍和拙於交際的柯克廉又是一次相同的句子，使得莫名其妙的曹林也弄得和他一樣地笨拙起來，想不出到底要如何和他推誠布公。站在他們身旁感到好笑的斐梅馬上為他們做一個合理的協調。

——這是實在的，柯克廉。她提醒他說。

——我相信。柯克廉知道這是誤會。我也很感激。

珍尼絲乘機把柯克廉拉到一旁去，她要他特別注意她那容光煥發的漂亮面孔，與去年初見時的蒼瘦的確迥然相異，她一直望著柯克廉顯出笑嘻嘻的表情，卻說不出恰當的話來，原來他和她有著不能暢用任何一種語言交談的阻礙，只有很直接地說：——你看看我，怎麼樣？但是此時表情也許更比語言要動人可愛，那件人紅袍裹著她瘦長的身材可謂十分耀目和特別，最重要的是柯克廉看到這位生活和修養有素的女性的心花怒放，他想她一定又找到了快樂之源，只是還不知道對象是誰。

——我好高興你回來，她說。

這句話出自這位閱歷和學問很好的小姐恐怕不僅代表著禮貌而已，好像隱含著深遠的意義，只是此時目眩的柯克廉並沒有敏銳地感覺出來，對方卻是十足的坦率顯露她的快活和意趣，也顯出他們之間存在的密切關係，互相之間有著連鎖的作用，而柯克廉只能在驚喜之餘表示出他單純的喜悅：

——妳看起來漂亮極了。

透過她的特殊外表，他看到理想的一部份色彩，感情中對她無不有寄託的含意，她在整個交誼的關係中具有很重要的地位，從她身上能帶引出更廣的情趣。對他們這個小宇宙的形態，她進一步地揭露她的觀點：

——只有你能把斐梅帶到這裡來。

這句話就十分明顯的說出柯克廉未回城來時他們生活在這裡的滯留不進的狀態，斐梅無疑是這個小世界運轉的軸心，她的喜怨很能影響周圍的氣氛。現在幾乎每一個人都能瞭解每一個環扣所居的重要性，也明白缺乏其中的一位很難有合適的彌補，無論如何要結合這些互異而又深具特殊的性格並不太容易覓尋，他們之間所互屬的緣份完全具有宿命的意味，因此他們的交誼所強調的並非外表的禮儀，而確有實質的內容在裡面。柯克廉去年發病後的不在場就完全暴露了他們在構成的小世界中的扮演角色，他們在這時空的舞台上的任務而有缺一不可的憂懼感覺，他的重新登場是使軸心轉動的一個環帶，它使整個機器再度活躍起來，發出應有的聲響和節奏。從曹林對斐梅的來到所發的詢問中便能看出來，他對她擠眉弄眼，好似完全知道是怎麼一回事。

——妳不是不想來嗎？

斐梅乾脆地回答道：

——我一個人來有什麼意思。

——妳可以找一個人陪妳。

——我懶得去找人，她說。

——除了他？

——那麼你為什麼不等我？

——我原是打算等妳。

——為何改變主意？

——這要問妳，妳心中明白。

——你是個最壞的傢伙。

——罵人就不算數了，曹林紅著臉說。

——你還不承認。

斐梅有點得理不讓人的態度，她對曹林總是像大姐訓誡小弟一樣的嚴厲和不寬恕，這使曹林無可迴避地露出一臉尷尬之色。這種表情最讓柯克廉所注意，也由此引來估判這位年輕博士的真實性質。

——妳要我怎辦？他說。

斐梅乘勝追擊：

——請客。

——敲詐我？

——不錯。

在這方面斐梅永遠有駕馭他的能力，而曹林也只有低頭成擒的份。會有這般有趣的形態出現，依柯克廉的觀察，主要是這位年輕博士的一切祕密性質，都掌握在這位母性濃厚的斐梅手裡。據斐梅事後私下對柯克廉的描述，曹林在未出國之前的大學生時代，他們是鄰居，也是好朋友，他有依賴她的性格，許多他不能解決的事情都得依靠她為他去辦，其中包括那時的一次戀愛事件，不是她的主意他就不能脫卸羈絆，甚至出不了國門。這種早先定型的關係，使他回國之後依然還是存在；總之，沒有斐梅他還會感到一籌莫展。從這點看，他對她的馴順和服從不是沒有原因的了。

——我們是一家人，曹林對站在身旁的柯克廉說，你不在意罷，柯克廉？

——很有趣。柯克廉說。

曹林表示出喜樂的驚訝，他故意看看斐梅這方面的神情。

——妳聽到了，他不會在意。

——我總會教訓你一次。斐梅有點生氣。

——在柯克廉面前，妳已經給我沒面子了。

——還不僅此，你等著瞧吧。

——但願不是今天。

——當然不在今天。

——不是今天就沒關係。曹林說。

柯克廉看不出他們是說真還是說假，但單看斐梅的神情似乎是認真的，此時的場景使得他們馬上收斂了各自的意氣，交誼廳已來了許多人士，全都紛紛坐在演奏台下面的長椅裡，學習演奏會就要馬上開始，他們隨珍尼絲小姐坐在與她的父母同一張長椅。一位年紀約在五十歲左右的女士站到大家的面前，用著流利的英語說明今天學習演奏的性質和內容，並且分給大家每人一張節目單。珍尼絲小姐側過頭來對他們指出印在節目單中的名字其中一位是她的妹妹。柯克廉本以為是什麼隆重的表演，至此他才明白這只不過是外國人士的子弟在此學習鋼琴的一般情形，但卻能使他們的父母親如此慎重，從這一點他認為亦不惜此行來觀察一番。可想而知，他可以放鬆心情來瞭解這裡的一切情形，目的已不放在聆賞音樂，節目單中的曲子是他早已熟悉的古典作曲家的鋼琴奏鳴曲，不是最艱深的，而是學生學習所要經歷的。這點他比其他幾個同伴要熟知內行。曹林也顯示不很在乎的模樣，剛才與斐梅的鬪氣並未影響到他此時的輕忽；他們兩位的接觸大都是剛才那種表現形式，早為另外的人熟悉清楚，因此也不會影響到各人有其他猜度的觀感。但敏感的柯克廉在心裡卻留有很深的印象，認為將來必會從這裡導引出什麼發展來，不過他不能預言會有什麼肯定的結果，還得等待時間的證明。倒是此時的氣氛還很愉快，他無意間瞥望到曹林偷偷給斐梅一個妥協性的怪臉，斐梅也幽默地回應一下。在台上演奏的少女們的表現並沒有十分引起他們幾個人的重視和欣賞，今天他們來完全是為珍尼絲小姐，等於是給她捧場，這一點可使她在父母親面前取得更大的榮光的作用，約一個半小時的表演之後，她就向他們表示最高的謝意。這裡已沒有再逗留的必要，柯克廉認為這種犧牲的時光還算是有價值，顯示出他們內心的仁厚，他看出他們對珍尼絲小姐的最大的愛意和親善。他內心唯一感觸的是這種博愛精神卻沒有普遍存在於自己的民間，相反的，倒有互相卑視的現象，這種成因恐怕不是三言兩語能夠說盡的，猶如大家生活在夢中，並不太重視到底夢裡發生了什麼事，根本沒有追查究底的必要。他們在咖啡廳喝了一杯熱咖啡後馬上決定離去，要不是曹林說他要去探望他的母親，他們還會猶疑一陣，不知如何安排這個午後剩下的時光。此時，珍尼絲小姐已經感覺出她的大紅袍裹在身上的不相宜，表示要回家換衣服。曹林要陪珍尼絲小姐回家去，他們走之前曾問斐梅做怎樣的安排，既然來為珍尼絲小姐捧場沒有不和他一齊再去探望他的母親的道理，所以就決定在畫廊等候他們來再一齊到療養所去，於是他們走出俱樂部在街道上暫時分手。

在陪斐梅回畫廊的途中，柯克廉發現她突然陷入於悔恨的沉默；他對她的惱怒之色有點不可捉摸，當他靜靜地握住她的手時，她表現得更為激動；她沒有拒絕他的安慰式的舉動，更進一步有傾靠和偎倚的傾向，要不是汽車向前急駛有駕駛在前面，她是會投到他的懷裡痛哭一場。不知所以的柯克廉卻表現出彷彿一切都明白的姿勢，希望她能夠傾訴出她抑積的衷情，她突然吐出幾個不完全的字句：

——我希望……

柯克廉追問她：

——妳希望什麼？

——你不明白嗎？

她一旦說出話來就恢復得較平靜。

——我也許只有感覺。他坦白的說。

——這就夠了，她說，現在我還對你不能期望太多，但目前你已經盡了你的力量。

——我不知道我出了什麼力量。

——只有你能夠給我安穩的感覺，她說，我在你的面前才有這種脆弱的顯示。

——妳畢竟是個女人，斐梅。

——我在別人面前就不是。

——那是妳的另一個優點。

她搖搖頭表示不贊同。

——而是我的兩個大缺點。她又說，我們在一起是不是生活缺陷的一種補償？

——當然，他毫不思索地說道。

——完全是嗎？她表示懷疑。

——只要我們繼續生活在此城市，就有這種作用。

——我對於一切都估價錯了。

——對什麼估價？

——對我們周圍這些人。

——我們何不一切讓其自然發展。

——你可以，我卻不能，我非繼續做我的角色不可。雖然人人都如此，可是我的角色卻不是我喜歡的，我倒羨慕別人扮演的角色。

——或許別人也有相同的想法。

——誰是如此，你能舉例嗎？

——我就是一個很好的例子。柯克廉說。

——但我崇敬你，別人在現實有比你更高的地方，也有更豐富的成就，但我只崇敬你。

——這是因為妳選我，我們有這點緣份的關係。
——可是我不明白你對我有什麼看法？
——我也很崇敬妳，甚至依賴妳，這就是為什麼我和妳在一起。
——要是你不和我在一起，那說明了什麼？
——那當然另當別論，可是時候還未到。
——你的意思是我們還有分離的一天？
——現在說也許太早，柯克廉說，我們何不只關心現在；明天對現在的我們來說根本多餘，因為我們還沒有過完今天。
——這是你回城的唯一看法嗎？
——這就是我現在的看法。柯克廉說。要是我們生在諾斯特拉達瑪士*的時代，他的預言對我們總是距離太遠，但不幸我們生在此時，一切都將發生在我們面前，我們何不倒反慶幸能及時躬逢其盛？
——人們將誤解你虛無。斐梅憂患地說。
——那是他們的事，他說，我何必去計較他們對我做何感想。
——你總有機會接觸他們。
——不錯，但我的哲學是儘量少去接觸他們。
——我只希望你和我在一起。斐梅說。
他只點頭承諾，因為他想知道剛才她的激動不快樂的原因是什麼。

——妳在生誰的氣？

——除了曹林，還有誰？

——我認為妳最不應該生他的氣。

——他使我大失所望。

——妳對他的瞭解還不夠。柯克廉說。

第十四章

半個鐘頭之後曹林和珍尼絲小姐即趕來畫廊會合。據曹林說他的母親在前幾天不慎在曬衣服時摔跤扭傷了腰部和足踝住進了療養院。此時是下午四點鐘，時候還是很早，他表示到療養所約一個鐘頭時間便可以出來，他建議事後是否有什麼好消遣來過完今天的日子。柯克廉想到了一個好去處，要他們同到碧潭去觀覽那裡的山水風光。他有這個靈感完全是想到學生時代的一位好友，他的家在碧潭開了一家茶館，位置就在那橋頭附近的崖壁題字碧亭的地方。有這個地方可去遂引起他們一陣高興，於是離開畫廊後，本要叫計程車直接到療養所，但柯克廉想到是去探望病人主張買些禮物，曹林婉謝說只要大家一齊去已經令他萬分感激

*諾斯特拉達瑪士（Nostradamus, 1503-1566），法國籍猶太裔預言家，留下四行體詩的預言集《百詩集》。

了，最好放隨便一點不要再花費錢。兩個人所提的意見有些使斐梅遲疑不決，此刻去見一位長輩令她懷有滿心的設想，購買禮物是一件非常必要的事，就是使她不知想買些什麼才算合宜恭敬。

——買花，柯克廉不費所思地說。

連斐梅都沒有想到他居然有買花的構想，雖不合我們一般俗間探望病人的習慣，卻覺得再適宜不過。因為買花送人是洋人的禮儀方式，在我們的社會裡實在還不普遍這樣做，但柯克廉的主意完全合乎他們的心意，連曹林都無法再說婉謝。在附近的一條小街有幾家花店，他們決定散步過去。柯克廉和珍尼絲小姐走在一起，她重提去年首次邂逅柯克廉時所說的話，依然對貝多芬沒有很深的敬意，一直重複說這位大師簡單和膚淺，柯克廉對她的批評至今還是沒有表示反感，他自己曾經對大師的身世和作品有過一番的研究，但像這位現代的美國女性的主觀批評，忖度她必居於一種不滿足的反權威的情感。她對美國感到失望，說到在交誼廳演奏的她的妹妹的模樣就是十足的天真和不懂事的美國典型。這是她在中國朋友面前的一種故作的姿態。事實上現代的智識份子都有同樣的對自己的國家感到不諒解的情緒，可是未必理由相同，情緒上的失望和憎惡的態度則頗為一致。所以柯克廉既不反對她的說法，卻也不表示同意她的說法；她到底是怎樣的一個人，這一次重見到她才發現她的神祕和狡詭的性格；她的優良性質固然非常吸引柯克廉的好感，但心裡卻希望她不要以批評她的國家來擾煩他，就像把大師加以貶低一樣。珍尼絲小姐提到在這幾個月之間，斐梅教她讀了一篇柯克廉的短篇小說，這件事倒提醒他回憶去年她手中拿的隨時看的那本沙靈傑的作品集。他問她那天在畫廊看得很認真的是那一篇，她說那是敘述兩個兄弟在沙灘的故事，回問柯克廉是否曾看過。

——是〈一條香蕉魚的日子〉嗎？柯克廉說。

——是。珍尼絲小姐喜悅的微笑。你喜歡瓊・拜絲*的歌唱嗎？

——喜歡，柯克廉說。

但事隔那麼多年，越戰已經結束了。

到達花店門前對於花的選擇他們又躊躇了一陣，柯克廉主動撿選玫瑰和薔薇，再加幾枝劍蘭合成一束。他們站在一旁另眼看著柯克廉，看到他的活潑心性感到從未有過的驚奇，他堅持由他出錢就更加令他們意外的震驚。但他們並沒馬上表示意見來，只在心裡頭存著深深的印象。斐梅手抱著那些花朵顯出若有所感的神情，坐在開往療養所的計程車裡有一陣低頭盤思的沉默。

花朵插在一隻早有預設的瓶子，放在靠近床頭的桌上，才證明它是唯一有美感和適慰的禮物，那裡還有一些奶粉罐子、水果，甚至有一包香煙。他們的到來帶給那位靜養的婦人一種歡躍的情緒，她一直想起來，但斐梅要求她躺著，搬了一張椅子靠近她和她說話。其他的人坐在較遠的地方，柯克廉則站在窗邊，身體依靠在牆壁，對於房間的整齊乾淨和床的高度都加以注意，他和珍尼絲小姐除了有被問到的事外，保持沉默的態度冷靜地聽斐梅和她的

*瓊・拜絲（Joan Baez, 1941-），美國鄉村民謠女歌手、作曲家，許多作品和社會議題有關。

交談。曹林的態度很自然輕鬆，從他的手提箱裡拿出他帶來給母親的東西。她並不太老，看來是心性很活潑的婦人，從她和斐梅的談話中知曉一點她的生活情形，是個能夠料理許多事務的勤勞的女性；她長期一個人生活著，等一下就能夠看到她日常生活起居的那間屋子。從外表上看她似乎沒有什麼憂煩，在丈夫和孩子都遠離在海外時，她單獨過了一段頗長的寂寞日子，只有這點頗有奇蹟的味道。這個婦人的最大特點是樂觀和勇敢，斐梅的神情對她很敬佩，有向她問教的衝動，表示未能和她有密切的交誼是她的遺憾，所以對她說的事都有感動的成份。柯克廉注意到曹林在她們的交談中保持傾聽的表情是黯淡的，好像心思在掛慮著另外的事，偶而有一點勉強的微笑。或許母子之間的關係在有其他人參雜時極不容易判斷真情的深淺，但自從她住進療養所，他幾乎每天抽空來看她，因此他們所可能顯露的是家居的自然模樣。據說前幾年曹林遠從美國回來探親時，她也為了什麼而摔跤住進這個相同的療養所，而且這種意外對這個婦人來說很不容易痊癒。她和一般健康的人無異，卻無法否定她有扭傷的痛苦，兩次都碰巧在曹林回來和她住在一起時發生，這事沒有被渲染和涉嫌到題外話，斐梅卻說到某人也常患那種意外的扭傷，而且有了一次就會在未來連續遭患。

只有這段談話的內容最能引起柯克廉的關切，他暗暗把這種事認為是病人潛意識的作祟，有意圖被特別關懷和要求親愛的傾向，而扭傷的行為結果會使她達成這個願望。依這位婦人的情形摔倒是她最方便的手段，別人則另有花樣。可是在意識的表層，她並不是在理智的時刻故意安排這一招，她自己也認為不明何故，完全是一種意外，也就是我們平常的語法說的——不慎。她問她的兒子說：

——你今天回到家了嗎？

——還沒有，曹林說。

他的理由是昨夜作陪招待幾位來訪問的美國人士，所以沒有回家。

——如有我的信，明天你就帶來。他的母親說。

這點可以看到這位外表堅強而爽朗的女性，一直都在外面有工作做，但她在這間被漆成白色和深藍的房間的笑容裡看來，她還是異常的康健，表示她和外界的密切關係，不似一般年邁的女性那樣孤僻而過著依賴的生活。不過依柯克廉的仔細觀察，她在年輕時並不是很漂亮，且受男人寵愛的那種類型的女子，但她的獨立性格彌補了這個缺憾。這也是斐梅趨近她帶著崇敬的表情和她喋喋不休的原因；她似乎在這個安靜而沒有太多人的療養所的狹小病房找到一個她晚年的命運的典型。她的內心當然有淒涼的感受而不似外表所維持的歡愉。我們不知道今天在未完的時間裡還會有什麼足可記載的事，但今天的遭遇卻影響著每個人的心境，除了目前看來很沉靜很安樂的珍尼絲小姐外，包括柯克廉在剛才買花的激情在內，都有心神不寧的顯露。這些我們暫時可以視為某事要發生的徵兆，但不一定會發生，如有那麼我們認為這些前奏是頗為重要的關鍵。心情會趨於容易激動、焦慮、寂寞感，和不安，這都是此時代的特徵，甚至產生敏感和瞧見異象，產生幻覺而有非尋常的行為，雖不證之於理性，但卻可以反應人類的情感；這種變態行徑亦可說是時代的產物，足可讓我們諒解和包容。譬如在他們離開療養所之後，曹林提到他家中有一瓶酒，引起大家有高興喝酒的趨向。

——什麼牌的酒？

——珍尼走路，他幽默地說。

計程車直抵他的家門，是一條新村的巷子裡的一幢獨院平房。他表示還穿著昨夜赴宴的西裝不適合到碧潭去划船，另一方面是為了回去取那瓶酒。在那裡柯克廉又從一張茶几上看到玻璃板壓下的他的家人的照片，其中有他的大哥，還有一位他的妹妹，唯獨沒有見到他的父親的照片，料想這是他的母親所安排的。這間她長年獨居的房子看起來清潔但唯嫌窄小，廚房和廁所設在後院，那裡有一條走廊通到客廳。

曹林在他的房間打開衣櫃，從許多吊掛整齊的衣服中拿出幾件上衣要柯克廉試穿，他的意思要是柯克廉穿得合適便要送給他，另外他又拿出二條褲子，全都是上等的布料裁剪做成的，柯克廉換穿後站在客廳的二位女士的面前，徵求她們表示一點觀感，她們都十分讚許衣服款式的美麗，他站在鏡前自照也覺得有另一番的新樣貌。曹林改穿便服，穿著一條藍色的牛仔褲和一件花格襯衫，模樣十分瀟灑和可愛，同樣深獲兩位女士的稱讚。此時他們打點完畢準備上路了，曹林的衣服穿在柯克廉身上約有二三分鐘，他突然回到臥室把門關上，然後又以他原來的衣著的面目出現。他們疑惑地望著他，那時他們都已準備要離開，只等著柯克廉說好就走，他說：

——你們以為如何？我還是穿自己的衣服自然一些。

——我是當真要送給你，曹林羞紅著臉說。

——我知道，他望著曹林表示，我想你應該瞭解。

曹林望著他那身在時尚下堪稱陳舊落伍的衣著，約有一分鐘的思考，他們的眼睛交視在一起，互相祈求諒解的神情，曹林似有悔悟地說：

——當然你對。

——你穿你自己的衣服才是你，柯克廉。斐梅說。

珍尼絲小姐重新坐回沙發，發出輕鬆有趣的笑聲，她似乎明白還有事耽擱。

——你不加一件外套嗎？曹林又對柯克廉說。

——此種天氣並不需要。

——晚間可能會起風。

——我不會著涼。柯克廉說。

曹林把珍尼走路牌的威士忌酒放在茶几上讓大家觀賞。剛才的換衣所發生的遲疑和延擱並沒有釀成不愉快，倒反造成更加的愉快，我們擔心可憐的柯克廉要是穿著曹林的衣服，恐怕就有真不愉快發生，但關鍵在於他們都能深思和感覺，而免於因這輕率的作為而有不可收拾的後果。柯克廉的不安是他的自尊心所敲的警鐘，他重照鏡子時，猛然地驚訝鏡中的人是個分屍湊成的形體，變成為一個柯克廉的頭和曹林的身材的怪物，這是他非常難過和忍受不住的理由。那幾件衣服都是很上乘的料子和新穎的款式，對柯克廉來說，他永遠也不會擁有那麼多這等優雅的服裝，但他敏感的心靈還是固執地從這突然的變異中選擇舊有的自我。他完全明瞭曹林的好意和真誠，他沒有任何一絲毫的辱嘲意味，他根本沒有設想那麼多，此時我們可以說這四個人是絕對的相親相愛，坦誠而充滿交融的喜悅，他分贈柯克廉完全為了敬愛他，雖帶有憐惜之情，可是絕無有侮辱的意思。我們或許批評柯克廉最後的不接受的態度是有點不仁厚的顯示。

——你不見怪罷，曹林？但他有要求對方寬諒的好風度。

後來曹林以最欣悅的容貌表示對柯克廉的完全瞭解，他甚至覺得自己未免太輕率和幼稚，事後反而感激柯克廉沒有接受。要不是發生這件插曲，實在難以保證他們去郊遊不落入平凡無趣的情境；由於他們在此前奏的時候，有著心靈方面較深的交通機會，隨之而來的愉悅就不可從外表估量了。他們兩個人的絕對尊嚴和均衡的對立，使相伴的女性感到無比的榮耀和興奮。而珍尼絲小姐的笑容也說明她是個具有智見的女性，她欣賞柯克廉的自愛表現。她是個頗能吸收異趣的女人，難怪她要排斥大師的呆板和沉鬱的氣質。

從以上這些事可以預測他們到達目的地之後必有很好的酒興，這是他們交誼以來漸入佳境的啟示，叫人從這些平凡的事體裡瞧見他們靈敏的心性，是這散塊拼成的城市所難覓尋的驕傲形象，雖還無大義的顯露，卻有偉大而深藏的不能磨滅的內涵，即使在未來他們又要分奔東西，自這迷人的城市逃脫到另外的掙扎之域，卻永不會忘懷這種溫慰的教訓。唯一遺憾的是他們去年所默契和玩笑性質的家族成員中，在此刻遺落了一位，相信此時只有柯克廉不知她現在何處。在中午時分他到畫廊見斐梅時就在心裡惦念著她，一直等候機會盼望有人告訴他，卻發覺他們都諱莫如深，好似從來就沒有這個人的存在。此時當他們把珍尼走路威士忌酒放在紙袋中，離開曹林的寓所前往遊玩之地的途中，他再也阻不住開口發問了。

——昨夜她在外面過夜。

斐梅只這樣輕描淡寫地回答他，柯克廉根本不明白在外面過夜是什麼意思，他發現另外的兩個人都顯得毫無關心，知道他們必定非常知悉裡面的情形，而使他深感問題自身的愚蠢，如果再追問下去必定更加無聊，於是就當做不懂似懂的態度打消了意念。計程車帶著他們飛快地駛向目的地，只消幾分鐘之頃，保持沉默的柯克廉從車窗便瞧見露出屋頂的吊橋石柱的頂端，它的灰白的錐體形象被墨綠的山壁襯托得十分明顯。

第十五章

從橋頭這邊便可以遙見對岸山壁間凸出的一塊巨石，漆成紅色的兩個字極為明顯，石上的竹篷也漆成紅色，和襯背的綠葉適成對比。那個地方就是我們的柯克廉對他的朋友所說的所在，是他學生時代常來的地方，日子雖已久遠，印象卻還新鮮在目，這是第一次他有榮幸引導他們來尋求閒適的安靜。時近黃昏，這個城市邊陲的地區呈現動人的投影，遊客已漸稀少，吊橋下搖曳的小舟散漂潭面，清晰地看見男女對坐浮蕩，他們的交語擴散在凹曠的河上空際，槳聲細碎。大船沿崖壁緩緩滑行，時有賣食的小舟追趕靠近。船夫溫和沉靜，手腳規律有序。這個山水的佳地無有市聲的干擾；樹木蒼綠，水色湛藍，吊橋橫過，自然呈露幽雅和平之貌。柯克廉和他的朋友坐在大船的藤椅裡，桌上擺著花生和茶水，一面呷酒一面觀賞景色。他們所坐的這艘大船站在尾端為他們搖槳的青年，正是柯克廉舊時的那位同學的弟弟；這位青年也有三十歲了，早就在城裡的大學畢業執教於城裡的一所中學，但是每個假日他還是回來老家幫忙照顧茶亭的生意。他們到達茶亭時，顯見一天的繁忙已是尾聲的階段，亭上的客人都想準備離去，看到他們的降臨又掀起了小小的熱鬧，看清楚是久未謀面的柯克廉時有著突然的驚喜，在茶亭主人的眼中，這位舊日蒼白削瘦的青年依然保持那種清癯的身貌，看到他們這幾個人的不俗姿態，馬上顯出無上榮光的樣子，知道他們將在此處消磨整個黃昏和夜晚，那位準備回城的青年自告奮勇要為他們充當船夫。柯克廉輕躍地表示著來此舊地的無上喜悅，看到一切如故甚感滿意，交代亭主他們要在此地晚餐，一切費用預先超出的交付給他。這種表現在同來的三個人的眼中固屬驚異，從未見到柯克廉也有這一方面的熟練表演，與他在城裡買花時的狀況一併聯想，不禁對他賞識有加。珍尼絲小姐看到這種純粹的鄉俗和野趣，臉上頻頻露出愉快的笑容，在舟子裡與柯克廉碰杯而飲，表示她來台灣一年多今天最感輕鬆愉快，她說在圓山交誼廳重見他時就有這種預感，預言今天將有奇妙的事發生，而她將會擁有滿意的收穫。反觀滿身洋溢著瀟脫的曹林，似乎要以另一種收斂的沉靜外表來和這大自然配合，與他在城裡在朋友間的那種玩世不恭的態度完全兩樣；到了這個地方已把他的日常煩瑣完全拋置，好似身心獲得一場洗淨而卸去偽裝顯出自然的沉靜外表。的確，在這種美麗的風景裡，新鮮的空氣給人舒暢的呼吸，黃昏的光色最宜眼睛的投視，已無須擺出調侃的態度掩飾工作上緊張的交際，這一點從斐梅的安詳面目便可以完全看出來。她不斷地注視那位搖槳的青年，大概對他的冷靜和有點傲岸的姿態產生興趣。在她的思潮裡也許正在疑問著為何人間還有這樣的一位純樸的人物，而整個潭面何處尋覓這樣一個異乎其類的船夫？這真是實在的真實嗎？她想；還是柯克廉引導他們走進了古時的幻境裡，故意安排這樣的一位尊貴人物來嘲諷羞辱他們？可是這確實是完全的真實，當然不是普遍的實在，卻是少部份人有幸的緣份才能逢遇。於是她小心地移身到船尾試圖和他交談。珍尼絲小姐暢言她的一生的遊歷印象，她隨父親在美國政府身居的工作職位之便到過無數的國家，所遊之地全是歷史的遺跡，看到的是文化的斑剝現象，所交遊的朋友都是現代的知識份子，身心全為所謂流行音樂、煩瑣哲學所感染，猶如行走在夢幻裡，即使在東方的城市所過的也是變質的虛浮日子，難得現在有此一遊，睹見真實誠樸的形象，反而在這幽寂的天地中備覺心神的躍動，充滿存在的意識，有如赤裸著置身於四面透視的明鏡之間，使她窺視著自己而大呼奇異。柯克廉注意地傾聽斐梅和划槳的青年的交談，她好奇的探問他的身世，從他的簡短的回答有異乎尋常的感受，回到她原來的座位對身旁的柯克廉發問數十個為何，為何生長在這島上的人具有這種優秀秉性？最後因不能獲得解釋而責怪地說道：

——我真受不了你，柯克廉。

這是我們這位女士在感情激動時的典型語句，她似乎在責怪著他的誠摯的呈露所造成她的呼吸的急促。

——為什麼？為什麼？

事實上一切均呈現在他們的眼前無須回答為什麼。她原以為這裡會享受到像城裡相同的玩樂，她說不出恰當的形容，只說：

——這裡充滿了嚴肅。

曹林打趣說：

——這是不是柯克廉的詭計？

——是我的，柯克廉說，他注視對方，準備先行打開自己的心扉。它完全是屬於我的範圍。

——我認為這是他抗辯的一種形式。斐梅說。

斐梅領悟到柯克廉的意思指的是什麼，她認為他應當如此，她滿懷同情他的立場。

——對抗我們嗎？曹林笑著說。

——當然，但不僅是我們，斐梅說，如我們所代表的是他想反對的世界的話，就是如此，是不是？

柯克廉回憶首次與白夢蝶先生和曹林一起在鴻霖喝咖啡時他們問他的問題。於是他回答斐梅說：

——假如我們之間有分野的話，這可算是我的辯論。

——就用著這種技巧表現嗎？曹林說。

——別無他種方式。柯克廉這樣說。

——其他的方式他就不會取勝。斐梅又說。

——我現在很佩服你，曹林說，你想有妥協之處嗎？

——只有合作不是妥協。柯克廉斷然地回答。

——有條件嗎？

——需要一些條件，甚至需要保證。

——誰對誰保證？

——相對保證。柯克廉說。

——保證的內容是什麼？

——公平和自由。柯克廉說。

——你以為何事不公平不自由？

——你忘掉了嗎？柯克廉說道，你不是親身經歷了嗎？

柯克廉說明他看過曹林寫的一篇留學記的文章，其中充滿著他留學生涯前後的感受，和自身將來的抱負，柯克廉現在面對他所指的就是這篇東西所載的事實。同時此刻在對談中對去年在畫廊的聚會裡所發表的各人志願一定還有記憶，絕非柯克廉意圖無的放矢。

——你指的就是那些嗎？曹林明白地說。

——在我們所可瞭解的範圍，我指的就是那些。柯克廉說。

曹林點頭承認，沉思片刻後舉杯祝賀著柯克廉。斐梅注視著他們兩個男人，好似要洞悉他們中誰是勝利者，但她所見的兩方都具有可貴的誠實，沒有勝負，僅僅是構成瞭解，誰也沒有感到因談論它而產生恐慌和驚懼，他們兩個人都有資格代表和發言，都能暫忘自身的利益為一個共同的遠景設想。柯克廉對於曹林不避現實的優美風度感到欣慰，他是個極有為的青年才俊，可以預知他的前途的光明，從那一次在鴻霖地下室他與白夢蝶先生的爭論就有此等印象，一個代表已經過去的頹廢生命，另一個正是將要來接棒的新生生命。但他們兩位老少的辯論都受到自身知識和經驗的限制，只能各佔片面的真理，雖然有點互不相讓的激動，慶幸最後他們能依據事實找到一個最不能敷略的問題朝問柯克廉；好像兩位遲來的客人在地主的面前爭執他們佔有的主權問題，雖然都能搬出套套的理論追溯歷史和地理的源流，但現在並不合乎實際，最後才發現地主的存在而感到羞紅，聯合起來詢問對方對他們的觀感。那時我們的柯克廉對他們向他發出的問題覺得甚為無禮，認為他們帶有非常輕蔑的意味，因此才反過來回問對方。此刻，經過一個多小時的遊潭，那位保持鎮靜克盡職責的青年船夫已把船頭轉向，自上流划回出發的碼頭。夜幕已經低垂，兩岸的燈盞已經取代白晝的光亮，他們滿足地走上石階，來到茶亭，靠近柵欄站立，觀望朦朧的遠山的怪異形象。潭上吹襲的清風上達亭間，晚餐已經備好在桌上，角落的一架落地的音箱傳流著輕鬆優美的旋律，除了一對情侶還留在柵邊細語，亭上已沒有其他的顧客。茶亭為他們準備了潭魚佐餐，那瓶威士忌酒使他們的胃腸覺得舒快，連習慣牛排麵包的珍尼絲小姐也感到無上的滿意。此時，柯克廉覺得佳麗缺席是美中不足的事，但他想要是再詢問她現在何處，必定遭到這樣的回答：

——她不用你來掛心。

——她來的話又會挑三揀四。

怪異的是他們一直都沒有提到她，是不是和其中的一位有了什麼芥蒂存在。他想在來此地之前斐梅所說她昨夜在外度夜的話的真實性恐怕很少，即使這是真情，料想還有極重要的原因促使大家緘默。佳麗外表的秀美一直留存在他的心裡，但到目前為止，他對她所知最少，有關考查她的真實秉性的種種資料幾乎沒有，僅僅是去年的兩次印象，和記得她的手中的感情線的短促，那條感情線從中指發源實在不是很好的現象。即使如此，他還是對她頗為懷念；對於這樣的女子，他的心性最能寬容她；他心中暗想將來在城裡的日子最迫切要瞭解的恐怕就是佳麗；她並不神祕，容易使人知道她的脾氣，但對柯克廉來說，他盼望有事實可以證明；她在他的理念裡是一個不可缺少的部份形象。即使一切都證明佳麗沒有他所要追尋的理想的性質，不是他的理想的形體，但在他的意志裡亦會容納她的存在；他甚至相信他的意志能夠轉換一切的氣質，並不是他能以主宰的威權來駕馭鞭策它，使它就範，他寧可處於被奴隸的溫和地位，以使它悔悟放棄它擁有的驕傲心性。外形的美是值得努力加以維護的，柯克廉珍惜的亦是這一點。這是可憐的柯克廉人性上的一副枷鎖，永遠打不開的偏執。他自己明白他有時處於心神分裂的狀態，世間似乎很少有裡外兩全的理想形象，他的理念常需從各種不同的對象中攫取部份再加以組合，這個工作總在他孤獨時憑經驗獲得的想像加以完成。在他日常交誼的拘謹行為裡卻隱藏著這種孤獨時的狂烈的渴望。

晚餐已經完畢，他們站起來舒展溫飽的身體，柯克廉乘此機會到小屋和亭主一家人寒暄故舊的事，且探問他的同學現在何處。約一刻鐘的時間他回來，曹林和珍尼絲小姐已在另一張桌邊坐下來促膝相談，他沒有看到斐梅，於是離開茶亭到外面來尋找，泊靠大船的碼頭也沒有她的蹤影，他回到茶亭詢問曹林，他漠不關心地說：

——她走了。

——為何？柯克廉頓感疑惑。

——我也不明白。他說。

珍尼絲小姐亦同樣持漠不關懷的態度，看柯克廉表現焦慮的模樣似乎想發笑。

——她經常這樣。曹林解釋說。

——經常這樣是什麼意思？

——相處久了你就明白，也不會把它當一回事。

難道柯克廉和她的相處不夠長久嗎？為何他會不明瞭她有這樣的曖昧不明的舉動，難道她還具有他從未睹見的一面嗎？他站在曹林和珍尼絲小姐的面前，有一種痛苦的猜疑顯現出來。但是在此猜測斐梅的不告而走到底為何事也是多餘。

——你放心，柯克廉，她會照顧自己。

曹林勸慰著他，把瓶裡的剩酒全倒在他的杯子，要他飲完，勸他坐下來喝咖啡。

——到底怎麼一回事？柯克廉喝下酒後說。

——完全沒事，柯克廉。曹林說。

他決不同意曹林所說完全沒事，在這裡他看出他們兩個人對斐梅的不同瞭解。但是就這個問題所要發生的辯論不會在此時發生，問題是斐梅可能以兩種姿態來單獨面對這兩個男人。柯克廉知覺到自己的不利地位是：曹林也許很清楚他和斐梅所處的關係的內容和形式，但他就不很把握曹林和她的關係僅係他眼睛所能看見的這一切而已。而今夜斐梅的異常行為對柯克廉來說，也許會有一個很明顯的啟示，而對曹林來講竟然如他所說沒有事。既然如此，他只得暫時沉靜下來做一番的細思和觀察。

當他們離開茶亭時，他有一個靈感觸及到一個他不在城裡時的事實，只是目前他還不十分肯定事實的內容，而且事實的存在是否已成過去或還未完結也不明顯。曹林的樂觀態度，據柯克廉的觀感是因為他現在有珍尼絲小姐在身旁。到此為止，他無法再想得更多，他感覺身體很輕盈，從計程車下來走向曹林的住所有點飄浮，面對牆壁的掛鐘，它指示著十一時五分。

曹林安排他睡在他的母親的臥室。他走進去覺得那裡有些空洞，白床單鋪貼的單人床有點近似醫院中的病床。他把從天花板垂吊下來的白日光燈熄掉，他躺著感覺陣陣的陰森包繞著他，眼光移到窗戶，不知道窗外的樹木是屬於前院或後院。他的腦中因昏迷的現象，感覺窗外的樹枝不斷地搖曳著，彷彿他在鄉間走向小山上的樹林時所見到的為風颳掃的情形一樣，那時他是不分陰晴每天都會到那裡去散步，徜徉著或無目的地繞走那些小徑。突然他瞥見一個急速的掠影出現在樹木背後，如果那是前院的話他想，那帶著一陣風勢的影子必是從巷子跑過，他甚至敏感地聽到一聲嘶鳴和緊密的蹄音，他那本是疲乏和精神渙散的身體嚇然地躍起來，快速而粗魯地打開門衝奔出去，一面欣喜若狂地喚著：

——白馬！

他的後面追隨著驚訝的曹林，珍尼絲小姐衣服不整地跟在曹林的背後。這條此時黑漆的巷子約有一百五十碼的長度，當顯示瘋狂的柯克廉快要跑出巷子時，一道強烈燈光掃射了進來，他和一部車子幾乎同時的停止在巷口，他和它僅有幾吋的空間。從計程車的後座走出一位俊美的女子。曹林隨著走近來，看清楚她是誰。

——妳來做什麼，佳麗？

她的眼光從曹林的身上移到他背後幾步遠站立的珍尼絲小姐。

——我來接柯克廉。她說。

她迅速地拉著僵直的柯克廉的手臂回到車裡，車子轉頭離去。

第十六章

盛夏的來臨使柯克廉憶及去夏抵達城市那頭幾天發生的事情，基本上他的內心依然保留著他本性上的憂鬱，這一年來在城市的種種薰陶，不但沒有將這種頹喪的虛無情緒排除，相反的像染患著嚴重的怠倦的懷鄉病。學校開始放暑假，他就不必要每天按時去上班，這種教書的工作表面上是有使人勤勉的作用，使人要特加小心健康的問題，但對柯克廉來說，這一切是幾近有一個無形的壓力強迫他按時工作，有點被動的性質，因此在整個意願上談不到有自由和創造，一旦他的個性再把一切工作上的繁文縟節有意的去除掉（有如某些人有意的加上這些虛文），那麼就可以想像他的表現的平凡和淡然無為了。當初校方是為了上級的指派勉強的接納他，他雖是個極溫和的我行我素的人，觀察他的結果發現這個人凡事只求一種無言的默契，既不寄望特殊的表現亦無大錯，也不跟隨別人般地奉迎和贊同，雖說大多數的工作者都如此地表現著無功無過，可是他給人的感覺就有很大的不同，那麼排除這樣的人就有很微妙的說辭，並且調查他並沒有什麼有力的背景，看他的態度不甚積極，那時約定他的職務是代理一年，不料中間又有半年的病假，現在時間已到，就很自然地將他解職了。事實上我們的柯克廉很盼望這個時間的到來，他個人不認為這個工作能對他有什麼了不起的激勵作用，只是為了承諾斐梅留住在城裡，因為他看到瀰漫在教育界的腐朽風氣讓人有整盤失望的感覺。這種委諸心智上和氣質上對現世事物的判別，正是他在心思裡最為靈敏的活動。我們無須在此煩加撰述他在為生活工作上這一方面的細節。我們將繼續把他的心靈結構投置在先前說到的幾個意象上，這是我們的興趣所在，只要這些要加以塑成的形象獲得滿意的成果，我們便可以預測他留在城裡的日子還有幾許。現在對於這些未完的工作正因為暑假的來臨而可能認真和快速地加以投注，可以將整個時間和精神集中在這最後的階段裡，每個人都可能會在此一決定性的時間表現的更清晰明朗，一切都會有澄清後所顯現的真實形貌，從個人的意圖裡導向命運所安排的途程。在這裡我們不先預示有何不樂觀的色彩，即使死亡的降臨我們也不認為它就是代表一切的結束，對它我們還是存有一點古典精神的信心，不似一般知識界所主張的那樣絕斷和無情，在悲觀裡尋求毀滅性的享樂，把人類命運投在賭博的遊戲上。我們寧可採取中庸的現實的未知主義。這是目前柯克廉的處境；離開城市回到他原來的鄉野之地是必然的，只是那一天還未確定。在迴旋的時代中，我們不懷疑奇蹟會出現，我們相信奇蹟對命運的扭轉的可能性；總之，未來所要發生的事誰也不會預先知道，目前我們只能依照表面的事實加以判斷一項可能性而已，而柯克廉的歸返自然就是這個可能性的預測。事有湊巧，這似乎像氣候的悶熱帶給人的疲乏厭倦的普遍性一樣，或像流行性感冒被相似的病毒感染一般，在兩個多星期不見到面的曹林身上，同樣可以看出他也包括在另一項可能性的預測裡，從柯克廉的眼光中首次看出他心事重重的姿態；不過這種共同的表相事實上有極大不同的被隱藏的內容。他會到曹林的辦公室來見他，是因為他和斐梅午餐時聽到她的一段頗令人擔心的描述，這是她在半個月之前提到對曹林的失望的話之後的一個延續事件，當時柯克廉不太能明瞭為何斐梅要對曹林感到失望，在那時頗能意味到只是為了珍尼絲小姐的一項佔有性的勝利而令她不高興罷了，其實其中倒另有更為複雜的因素，有兩個主要原因帶給斐梅頗為難堪，其一是曹林本身並沒有如她想像的那樣嚴謹和自律，有許多在她的社交圈中知悉的女性前來她的面前投告和批評他，再說他雖然和珍尼絲小姐同居一處，最近突然限制珍尼絲小姐不許在他辦公的時間前來找他。其二是他回國最大的希望是想進入研究院，據說在他出國讀博士學位之前，現任的院長曾經口頭答應他，一旦學成回國，將無條件的讓他進來，這件事據斐梅說他已和院長交涉了多次，但卻遭到委婉的延期，他私下告訴斐梅這種延期就是等於無望，這個打擊所給他的是對目前的工作整個失掉興趣。

——你不妨去約他……

斐梅的提議馬上遭到柯克廉的否定：

——你要我在他這種情形下去見他，豈不……

柯克廉所擔心的當然是曹林的冷面孔，認為這種時候去見他實在異常不妙；照理來說，曹林的事是不用像柯克廉這樣無足輕重的朋友來擔心的，在這個時候，料想對方亦不會對他表示歡迎。

——他畢竟還有優點，斐梅說，這也是為什麼事到如今我還把他視為朋友的理由。

柯克廉感到莫名其妙，思索片刻，終有所悟地說道：

——他的幽默。

——是的，凡是英雄都好色。斐梅說。對他我還有全盤的評價，並不計小節的錯處否決他。

她的這番話頗使柯克廉感到同意，兩個星期之前她對曹林的慍怒和今天的寬恕之情是同一個人。柯克廉明白這個不合邏輯的改變正是他所要瞭解的斐梅的理性情懷，也是他提示她去瞭解而不是去憤怒曹林所生的效果。

——有妳這樣的保證，我願意冒險一次。柯克廉說。

——那麼這一次也是一項使命。

——為什麼？柯克廉有所不解。

——我不希望你去勸說他，使沉悶不悅的臉轉成歡笑，全然不是這種低級任務，我要你去做認真的觀察。

——這對他有何用處？

——我們不講實際作用，斐梅說，你平時不是教示我一個人不能幫助另一個人嗎？

——我明白。柯克廉微笑著。

他也明瞭這是斐梅的用人技巧。可是有時他想，個像斐梅這樣聰慧的女子亦是最令他憐憫同情的對象；她的善心用盡了，手中的稻穀拋完了，眾鳥飛去，剩下她獨抱著一片寂寞的景象。

——他有何打算嗎？柯克廉問道。

——還不確定，還不能說。

這恰似一條謎語要柯克廉自己去思索。當他乘上電梯走進曹林的辦公室時，曹林正倚靠在窗邊注視腳下的市容，那種姿態猶如他在自述中所說：拉開窗簾注視著濛濛的世界，一種孤寂的感覺忽然襲來。他轉身過來，眼光十分銳利地盯著進來的柯克廉，有一分鐘他保持凝視不動的姿態，好像有點疑惑進來的是誰，一旦他的意識恢復過來，他才綻出微笑。他應該有所辨識如今再不是午後走進的是某一個漂亮的女性傾慕者，或是最初對他熱情有加的珍尼絲小姐，亦不是他能偷偷約會的佳麗，這一些對他來說似乎都已過去，連一絲興味都不會保留在記憶裡，反而感到過去的滋蜜是一堆怨憎的垃圾。現在意外的出現了柯克廉，倒有點像童年時，走在巷道上遇到了鬪劍的同伴，可以呼喚他從竹籬笆抽出一隻竹竿，要對方再來比劃兩下。柯克廉可以看出他依然還沉墮在夢中，第一次在畫廊在黃昏中看見從樓梯口慢慢上昇的一顆新星，現在呈現著破曉時分的蒼白模樣；他說過：你的學問，漸漸的，你的人格，你的形象從模糊到明朗。但現在他又遭到了困難。

——你在等著什麼人吧？柯克廉說。

——沒有，請進。他歉然地說道。此時沒有什麼人會來。

——那麼我打擾你了嗎？

——也沒有，他改變態度說，現在我倒希望有什麼人來。

——顯然我打斷了你的思緒。柯克廉說。

他走近曹林，也靠在窗邊對外面的紛雜世界加以投視，想瞭解他剛才看到了什麼景象。

——這是一個繁忙的世界。他想將感想吐露給柯克廉。這些日子以來，理想都要面臨考驗。

——你改變了嗎？

聽到這句問話的曹林有點震動，好似在睡眠中被人推醒，二個人的眼光再次地互相注視，柯克廉觀察著他，感覺到對方所投出的是被激怒的不快光芒，然後發現它慢慢而微妙地轉變，突然由無聲的沉默轉換為有聲的大笑。他瞭解柯克廉所指的是什麼意思，他尋思片刻，好像把畫廊圍坐傾談志願的情形回憶一遍。

——你把它當真，柯克廉？

——為什麼不？

——那麼我告訴你，他顯出誠摯謙卑之色，你的感覺不錯。

柯克廉冷靜地站著望著他有些戲劇性的腳步；曹林低傾著頸顱，表情動人地緩慢踱步，似在醞釀一篇宏論的模樣，而他的停頓和遲疑似乎在斟酌著語句。他說：

——我們這一代最大的特點是不再說假話混淆聽聞，可是這也是表示我們欠缺成熟，不懂得婉轉處世；我們的熱情造成一股衝動，有時會遇到難以收拾的場面，感到進退兩難，這是目前我的尷尬的處境。但我決不放棄已定的原則，只是目前不可能按照既定的計劃按時達成目標，它有延長的趨勢，是事前沒有預料的阻礙，現在全部展佈出來，所以不得不修正一點做法繞道而行。

他的話似乎已經說完，卻在停頓片刻後又說：

——總之，凡事不能喪失內心裡的一點真。

——那是良知。柯克廉說。

——也就是這一點擾人煩思。曹林說。

——我還不清楚你到底有什麼實際上的打算。

——斐梅沒有向你提到？他表示得很驚疑。

——她對我說的都是一些不關緊要的事，柯克廉說，難道你已把一切都向她傾訴過了？

——應該說我已向她懺悔過了。曹林說。

柯克廉頗表震驚他用了懺悔兩個字，於是深表關切地問道：

——事實有如你說的那麼嚴重嗎？

——也許不。他停頓，眼睛注視著柯克廉。但她是我唯一可以吐露心聲的對象。

這種陳詞與斐梅對柯克廉所說的，她如何幫助他搞好關係是完全脗合不虛的事實。憑著他不滿三十年紀的青年，處在我們的龐雜社會裡，唯靠勇氣和才學根本不足應付，要有所發揮卻需要有人鋪道；美國精神搬到這個小世界來就會遇到行不通的怪事，因為這個小島面積雖小卻有幾百倍於它的負重包袱。時間如是安排在現在此刻，他必不會再與白夢蝶先生首次在鴻霖為做人處世的事爭得面紅耳赤，而他會向白夢蝶先生低首臣服，個人的才學和雄心擺在歷史根本微不足道，唯靠時間的證明才是真正的真理。

——糟糕的是斐梅是個女人，他又說，她不能一輩子都在我的身邊聽我胡說八道。

——為什麼不？柯克廉追問他。

——一個女人總必有一天要歸屬一個男人，但她……

柯克廉緊捉住此時的機會不捨地再問：

——難道你試過？

他臉孔赤熱地點頭，專注地看柯克廉是否有輕蔑之意。柯克廉皺著眉頭顯出憐惜的表情。

——從任何一面來說，你和斐梅是前途光明的一對。只是我不瞭解……

——我想斐梅是為了你，柯克廉。

柯克廉聽到此話震跳起來，審視曹林是否故意開玩笑，他完全感到意外曹林會有這番驚人的觀點，只需一個明顯的推斷就能駁倒他的意見。

——誰都明白我和她一對就不如你和她一對了。

——斐梅愛的真是你，柯克廉。他肯定而幾近憤怒地說。

——你估錯她的稟賦，柯克廉辯道，我不反對你的說法，但如她愛我，她也愛你。

曹林嘲笑道——她也愛白夢蝶了？

——沒錯。柯克廉說。她須唯靠這許多人才能完善地活下去。

——這是我從未聽過的怪論。

——這是時代精神，人類有需要組成團體的意志。

——微妙的感情，曹林自言自語。結局注定是悲殘。

——你的打算如何？柯克廉朝他問道。

——我總要為我自身打算，情感的事如不是速做抉擇便是任其留下殘局。

——你要遠走高飛？

——有這一打算。曹林冷酷地說。

談話就此告一段落。到目前為止他和曹林都能經此一次的交談而有進一步的發展；他們雖不是志同道合的朋友，卻堪稱同病相憐的患難之交。唯一不同的是曹林在這次挫折之後，還有所補償的退路，他能繞過而行，依然在將來大有可為；而柯克廉本身受環境所困，卻不能做徹底的改善，他必須長期身處在絕境之中，過去如此，現在如此，未來也必如此。他是注定要留下來收拾殘局的人；他誕生於此，就須完葬在此，他的工作就是於此時空建立一套存活的哲學，這套哲學也只能在此適用。而曹林學有靈活的身手，依他幼年好鬪的意志，他會轉戰世界各地；他曾拜師學藝，學有所用，順當有此一途。

他們相偕離開辦公室，步行走過二條街道，天使是一間以音樂和咖啡著名的地方，在一所戲院的對面，地下室的陳設異常別致，有一位年輕小姐管理小酒吧，那個地方實在十分小巧可愛，此刻是下午四點鐘，並沒有任何客人坐在那裡，那位有點羞氣的小姐抬頭看到他們走下來，顯得有點受寵若驚。她看他們這兩個男人的氣度風格完全與一般的顧客迥異，因此有些手足無措的模樣。經過剛才在辦公室的一場交談，曹林到此地來又顯露他的風趣的優美態度，和柯克廉一起趨前坐在年輕姑娘的對面，中間僅隔著一尺多寬的小小吧台，她問他們是否想飲杯酒，曹林用他那紳士的禮貌回答她，要她調兩杯馬提尼。他注意到這位小姐的臉孔還算清秀可愛，覺得她純樸有如新娘，顯然現在他有興趣和她閒聊。

——讓我向妳介紹，曹林說。

那位小姐奉迎著他展現著高興的笑容。

——這位是有名的作家柯克廉。曹林說。

柯克廉觀看曹林這等幽默，心中也升起了無比的興趣，好似他們現在扮演的是兩個乖巧的江湖郎中，以他們瀟灑的態度意圖獲得漂亮女郎的青睞，隨之他亦模仿曹林的說詞：

——那麼這位正是年輕的博士曹林。

——請問芳名，小姐？曹林說。

——姓林，名小鳳。她說。

三個人都同時發出會意的笑聲，點點頭，眼光聰明而明亮地互相投視。柯克廉認為他的任務已經完成，走上樓去打電話給斐梅，問她是否也過來飲一杯。

第十七章

另一天的下午七點鐘，柯克廉準時的到達仁愛路的鴻霖餐廳。先前我們已經提到這個餐廳是以西餐和咖啡著名於這個城市，他是第二次光臨這個高尚的場所；在去年他第一次來是與斐梅，還有初相識的曹林和白夢蝶先生，只是晚餐後轉來喝咖啡聊天，這一次卻是正正式式的來參加佳麗的生日晚宴。那天他和曹林到天使地下室喝酒，一會兒斐梅也過來聚談，也就是在那時她告訴他們今晚有這個晚餐。那時聽到這個消息的柯克廉極表興奮，只是疑問著像佳麗這樣的女子為何要這般的花費，並問及斐梅有多少人參加，要不是斐梅對他詳加說明，到現在他還深以為佳麗仍然在貧困中委屈地度著日子。她早已不幹時裝模特兒的工作，和一位名叫康富的男人來往多時，斐梅在那次他們前往碧潭回答柯克廉說佳麗昨夜在外過夜就是指著和康富在一起，他們並不是一般熱戀中的男女天天想法見面，一星期他們只相聚兩個晚上，由康富付給她生活費用。原來今晚的生日晚宴就是康富特地為佳麗擺設的，邀請的當然只是斐梅等家族的人。在此必須煩加一說，他們這幾人所組成的不成文的家族，是有一種很微妙的關係存在，它的特徵是善意和瞭解，其餘並沒有什麼利害的關係，是一種友誼的形式但卻有各自的自由和愛好，永遠不會在利益上升起衝突，而它的存在當然是以斐梅為中心，是她這個人的性格氣質所形成的饒富趣味的童話形式。據斐梅描述，康富在一家頗具規模的電子公司擔當採購的要職，與外國的公司來往非常密切，他從中賺取介紹費而積了不少錢財。柯克廉料想斐梅和佳麗的共同生活就將要結束了，這兩個有點互為表裡的女性的長期生活一旦分開，不知會有什麼奇怪的結果。斐梅說佳麗和康富的關係一直沒有什麼進展，原因是雙方談到婚嫁的問題時，有佳麗的父母的某種要求牽涉進來，據說康富對她的父親並不存有好感，他要求康富付給他一筆頗大的金錢，以便利用這筆錢去做生意。現在我們不必在此時煩撰這方面的雜事，以後可能還有機會談到佳麗的神祕身世；現在最重要的是她的生日晚宴所進行的細節，以及他們一夥人將如何在這個迷人的城市度過非常奇妙的一晚。在柯克廉的眼光中，今晚是佳麗榮耀而快樂的時刻，其他的人也為她感到欣喜。顯然目前她和康富在情感上又升起了高潮，在這之前據斐梅說，他們的關係頗富戲劇性的忽起忽落，佳麗的意志從不懈怠，只是習性上已習慣於那種不平均的演出。那天晚上她僱車來帶走柯克廉，是斐梅回到家後對她說及柯克廉一旦飲醉，那麼必定會為曹林留住在家裡，她想到珍尼絲小姐和曹林在一起，而柯克廉必獨處在另一個房間裡覺得非常的不公平和氣憤，雖經斐梅的勸說但她還是要親自來把柯克廉帶走。斐梅並非沒有考慮到這一點，她的不告而別有兩個原因；其一是當做她對柯克廉的一次又一次的試煉，以便完全能夠瞭解他的人格；另一是她有一種不可名狀的倦怠感，長時期積壓的病症，往往在某種場合受到興奮的刺激後會自覺喪失了自主的重心，她會突感自卑而不計後果的任性的引退。佳麗那晚的決斷行動是居於妒嫉的情愫所引發的靈感。這些明顯的跡象都是柯克廉病癒後回城才慢慢觀察出來，問題當然在曹林的身上，他的表現頗不合斐梅的意志，但斐梅倒能夠在事後任其放縱而不加干涉，而把它移轉到佳麗的身上，由她去執行。所以今晚佳麗的生日宴沒有珍尼絲小姐參加是十分合乎邏輯的，一點也不令柯克廉發覺後感到驚疑，佳麗和珍尼絲小姐的敵對不是為爭奪曹林，而是她不能忍受珍尼絲小姐自喻為聰明的女性而卑視佳麗只是虛有其表的愚蠢的女性。

柯克廉獨自走進大廈，從邊側走下石階還是有點不自在的害羞，對這個城市急速地發展成西洋化風格有點不能適應，況且自他進城以來並沒有多少涉及這類高尚場所的機會，除了由斐梅帶領，他亦甚少獨自走進比較堂皇的餐館用膳，那天午後他們在天使是約定各自在七點鐘直接到鴻霖來，不預先在某個地點會合。當迎著他的侍者問他一個人或有幾個人時，他不懂得如何回答；的確是有幾個人要共用晚餐，但現在是他單獨一個人前來。他說：

——我先看看他們是否已經來了。

侍者說——有預定桌位嗎？

他並不清楚到底有沒有預定桌位，但他說：

——可能，但我不太清楚。

他的情形等於是被那位侍者擋駕在階梯旁金魚池的旁邊，根本見不到裡面餐廳的情形，侍者一直盤繞他跟蹤他，以非常好的禮貌懇勲地徵問他，這反而令他更加的受窘，他的為難態度在那位侍者的眼中竟以為他是個十分傲氣的人，所以沒有為他疏解困難。侍者終於明白：

——要是有預定桌位，那一邊也有一位先生在等候。

侍者指引著他走向另外的一間餐室，原來階梯下來分成左右兩間餐室，他僅憑第一次來的印象以為只有這一間，於是他跟隨侍者折回來到另一間，看到曹林衣衫光整而漂亮地坐在長桌的一張位置上，像那一次在圓山俱樂部的姿態相似，書本攤開在桌上藉著微弱的燈光閱讀。

——哈囉，曹林。

——哈囉，柯克廉。

——這個地方很好。

——這種地方倒能讓我專神讀幾分鐘的書。

——的確，柯克廉說。

曹林遞給他一根香煙，說他二十分鐘前到這裡，早到的原因是無處可去。他表示在未出國前，大都學業都是在有明亮的燈光的咖啡店完成的，柯克廉也記得斐梅曾經這樣說過他的這點情形。不到五分鐘隨之到來的是容光煥發的斐梅，她穿著傳統的旗袍，款式是經由現代的時尚改良的，顯出明麗端莊的風格；她的儀容本來就有富貴的氣韻，與她平時輕快簡便的穿著比較，有點叫人驚奇她的閨秀的氣派，這種模樣倒是柯克廉從未想像過的，此時則能使他另升一股奇異的幻想，有點新認識了一個人的好奇味道。難怪曹林也驚置地抬頭品評她一番。

——嘿，柯克廉你看，這是誰來了。

斐梅警告他——你少大驚小怪好不好。

——我還不知道她有這一套呢。

——你不如說你還不知道有我這個人。

——我要重新評價。曹林說。

斐梅終於被他逗笑了，可以看出她心中的高興。她瞥望柯克廉，似向他探詢他對她的觀感如何。但她和曹林的鬪嘴還沒有完。

——你說罷，有什麼新評價。

——但願妳不要在今晚蓋住了女主人。

她阻止曹林說：——這一點請你還是少廢話。

她轉去問柯克廉什麼時候到這裡，還問他這二天來做些什麼事，知道他在進行寫作就不再問了，因為此刻有一對漂亮而快樂的男女向他們走來。那位男士有點胖，圓型的臉上架著眼鏡，眼光銳利而靈活，神情很愉快，他認出斐梅，嘴巴說著——他們在那邊。佳麗走在他的身邊，他們都轉過頭來觀賞，她猶如盛裝的灰姑娘，他們一對給人一種花花公子和他的玩伴的印象。

——曹林。

——柯克廉。

——康富。

侍者跟隨著站在背後，康富認為這個位置不好，問道是否有個別的房間。侍者帶引他們又從這一邊走到另一邊去，一直經過許多的桌子，到了盡頭轉向時是一間很別致的空間，裝設和外面的不一樣。在前面我們談到這家餐廳的牆壁是由黑色的鏡子鑲成的，整個構成有如海底宮的格調，但現在他們被侍者引進的這個空房，本來也許不是要當餐室用，可能是以後有了需要才加以修飾，牆壁粉刷成乳白的顏色，三面壁都配上很相稱的畫幅，天花板垂下的一串圓球的燈盞照得全室明亮，長形的餐桌在中間，鋪著橙色的桌布，桌上有燭台，侍者也為它點燃。一切看來都相當美滿，唯惜這張六人的西餐桌子今晚只有五個人；康富和佳麗相對分坐兩頭，斐梅坐在靠近康富的邊位，她的身邊是柯克廉，曹林在對面，那邊似乎少了一位女士。在柯克廉想像性的腦子裡竟然閃著珍尼絲小姐的影子，他想要是她能來，那麼一切都不會有遺憾了。但席間並沒有人談到她，猶如那天午後他們前往碧潭遊玩沒有談到佳麗一樣。他雖想到珍尼絲小姐一如那天想到佳麗，可是此刻他萬不能再像那天一樣因無知而發出冒失的問題。今晚的華麗場面與那天的自然風景，在色調上亦形成對比；如要說那天使人產生一種恬靜自覺的感受，今晚則無疑有點令人沉醉迷失了。就是空氣的風味也大不相同，那天是自然的清涼微風，今晚則是消毒過的冷氣流。康富時時顯出一種頗富戲劇性的幽默表情，快樂而自若，無疑是個手腕高明經驗豐富的交際能手，言詞流利而有趣，那種略似表演的動作猶如一位快樂豪爽的歐洲人。一切節日的進行大都由他主動，但他並不顯出專橫而能顧到禮貌地徵求別人的意見，譬如他說：

——先來點啤酒好嗎？

曹林表示贊同，他就吩咐侍者拿啤酒過來，兩位女士則叫了開胃酒。

有點叫柯克廉疑惑的是，這位幾近怪異的人物的快活樣子，從他的不停歇的談話裡彷彿整個世界的知識都能瞭若指掌，而且都是高級的品味，所以我們的柯克廉非常注意他的表情和說話的內容，反觀佳麗，沉靜地保持著她含蓄的姿態。

當大家同意吃雪莉牛排後，男士喝乾啤酒，隨之也叫了開胃的威士忌。侍者開始一一為他們穿上一條掛在胸前的綠色布巾，站在背後結帶子。對柯克廉來說，從康富口中說出的酒名，他都有莫名其妙的迷糊感覺，但斐梅總會對他加以說明什麼酒何時飲用，有什麼用處。然後開始喝湯，吃麵包。柯克廉特別讚美小圓形的烘焙麵包的可口，他吃了兩個，其他人都吃一個。當熱氣噴射的牛排端上來時，康富吩咐侍者要改喝紅葡萄酒。推擺在柯克廉面前已有三種玻璃杯子，他瞭解到喝一種酒就用一種與它相稱的杯子。未吃第一口牛排肉之前，一齊舉杯向佳麗道賀：

——祝妳生日快樂。

佳麗面帶微笑說——謝謝。

然後動用刀叉吃牛排，互相稱道牛排做的鮮嫩美味。柯克廉第一次感覺喝甜味的葡萄酒特別適合吃牛排，斐梅偷偷對他說這是外國酒，每瓶約五百元台幣。事實上除了啤酒，今夜所飲用的全是外國酒類。話談到電影、商業和觀光事業，以及報紙上報導的俄國艦隊經過台灣海峽的新聞。

——這是外交和政治的微妙，曹林說。

那時我們中華民國被排除到聯合國門外。談到影星時，柯克廉表示道：

——我很欣賞詹姆斯梅遜*。

康富說：——我最喜歡他。

佳麗談到最近她想做的服裝設計工作，想開這類的店鋪。

——她的意念很多，卻沒有一項做成。

康富的話使佳麗覺得不好受。

——這是實話。他舉杯向佳麗，要她不要介意。

——我才不在乎這些。佳麗說。

——現在她把我扣得很緊，不讓我逃掉。

——你隨時可以做自由決定。

——不，佳麗，我是說著玩的。

斐梅領先向他道謝今晚的邀請，隨之是曹林和柯克廉和他乾杯。他有這等圓熟的待客技巧不是沒有原因的，他的父親曾當過很高的軍職，小時候便進入美國學校讀書，出來做事後曾涉及賄賂事而入獄，現在的工作使他交際廣闊。他認識佳麗完全是戲劇化的緣份，那就是他出獄還未就任現職之時，在報紙上登了一則教授英文的廣告，佳麗那時就帶著那份報紙登門請教，第二天他們已經成為好朋友攜手在街上散步。牛排吃了四分之三已經轉冷，康富呼叫侍者改換喝白蘭地。柯克廉的感覺是在他的魔術裡進行著這一切，因為他無法選擇和拒絕，好似在一場儀式裡無法站開旁觀，在進行的整個過程中沉浸在氣氛裡，完完全全是他畢生首次遭逢的新奇經驗。在喝了那杯白蘭地酒後，康富最後要他們必須嘗試一小杯法國甜酒做結束，他形容這種粉紅色有濃郁芬芳的酒說：

——只能飲一小杯，沒有人能連續飲下第三杯。

柯克廉先嘗試一下，它怪異的甜味像玫瑰露，也像胭脂，飲下那一小杯後的感覺是，馬上產生一種抗拒再飲下任何酒的情緒，他認為這種安排是康富的一項絕招表演。至此整個餐桌大部份是佔滿了各式各樣的酒杯，整個晚餐花費了兩個小時。現在柯克廉關心的是，這樣的餐飲到底要花費多少錢？事後斐梅告訴他帳單是五千塊錢。他們離開時意外的看到電視影集《打擊魔鬼》的男主角和他的女朋友也在今晚光臨了這家餐廳，他坐在靠角落的一張桌子，像普通客人一樣的安靜，好似他說話是不發出聲音的，在樓梯口金魚池邊上架了一張臨時寫的海報：

＊ 詹姆斯梅遜（James Mason, 1909-1984），英國演員，轉往美國好萊塢發展而為巨星，以《星海浮沉錄》獲金球獎。

歡迎《打擊魔鬼》主角羅勃潘恩*先生光臨

第二天《聯合報》的影藝版也刊載了他過境停留的消息。吃過這樣的一頓充滿高級形式的晚餐後，他們像變成毫無主意的被擺佈的人；一直保持快樂和活躍的康富要大家到希爾頓飯店去；他們分坐兩部車，曹林和康富正是一對談話的好搭檔，可以看出他倆在生活品味上非常旗鼓相當，所以他們三個人坐一部車；柯克廉和斐梅另坐一部，她正好是我們可憐的柯克廉漫遊夜宮為他做說明的嚮導。

第十八章

佳麗生日餐宴那晚的一切都留給柯克廉至深的印象，美酒佳餚在回憶中還會令人垂涎留戀。最為精彩的是康富所表現的戲劇性的風度，那晚總共的費用估計約有六、七千元。從鴻霖出來後他們分乘兩部計程車到希爾頓的三樓，那裡是個純粹飲酒的美侖美奐之地，室內的裝璜有金碧輝煌之色，所有的女侍應生全都是穿著旗袍的美麗女人，據說她們的月薪高達一萬元以上，可是並不允許她們和客人坐在位置上聊天，這種嚴格規定當然是要強調和分別這是一個高級場所，不可能做下流的買賣。但是那些來飲酒的人何嘗不是頻頻注視著那些身段挺美的女侍，而這些女侍又非平凡之輩，她們必須具備相當的學識和外文對話，柯克廉心中感懷在此啜飲馬提尼酒而卻不能和這些才色雙全的女性有所談晤，豈非是一種人類殘酷的自行約束？優美的環境設計自會自然教導人們顯現翩翩風度來享受時光的樂趣，粗鄙的人自會羞於冒然侵犯此類場所而懷見善思齊的心情，純良的心性亦不會過份變成玩物喪志，儘會諧調人生的步調，放鬆心情獲得平和的處世。但是概觀此類的高尚形式，因受骷髏的條文的限制，卻只能使人獲取空洞的內容，無不讓人嘆惜其設置之無聊和浪費，償補人生何益？只是倒反產生不良之善惡的觀念，光明坦磊的行為亦會流於在詭密的幽暗裡以財貨做為交易，使人的理念演化為污穢而嘲笑合理的生命意欲。如今我們可憐的柯克廉在長期的禁錮裡，心性變得虛無而頹萎，對美好的世界懷以虛幻的理想自娛，徘徊迷惑於現實即是幻影，想像即是真實的無可辨識的思想之間，自覺生如幽魂，鬼魔即人生的悲涼面目。當他在他們之中獨自尋思之際，他的冷澈憂鬱的表情早就為斐梅所注意。一小時的光陰很快就消逝而去，這個飲酒交際的場合也依其規定要在十一點鐘前打烊結束。不但是顧客紛紛離去，連那些令人賞心悅目的漂亮女侍亦匆匆個自離開，在廊道之處互相變成沒有笑容的陌生人；她們在一天的站立和奔走之後已有厭倦之情極盼回家休息，走進洗手間換下衣服出來後便風葉般消失了，而無限遐思的客人也突然中止了幻想，使他痛惜時光的冷酷無情。好在康富像是一位靈思泉湧的奇妙人物，只有他有辦法能使這種缺憾獲得補償，他的精神和體力好似特別能夠適應夜晚的生活，他宣佈說：

——時候還很早，有個好地方去。

---

*羅勃潘恩（Robert Pine, 1941-），美國著名電視劇演員。

雖然柯克廉私底下已對斐梅表示自己的倦意，無奈斐梅要他振作精神好去一個他永遠不會想去涉足的場所。她問他剛才想到什麼。

——沒有，什麼也沒有。

——你好像精神恍惚。

——的確是這樣。柯克廉承認。

——你覺得這種地方如何？

——可愛復可愛。他說。

——為何有這種批評？

——實在就是這種感受。

——到底你的感覺如何？

——一半實在一半虛幻。

——這是你的哲學？

——我的哲學是眼不見為淨。

他們離開了希爾頓後就到了一個更能令人酒醉心迷的地方，康富所說的是一間名叫藍星的酒吧。幾天之後除曹林外，他們又隨康富做第二次的光顧。事情是這樣的：柯克廉和斐梅在早晨陪佳麗去辦理一件她家庭吩咐她的事，目前她還隱瞞著家中的父母她的實際的身份；家裡的人一直相信她在城裡有一份工作，其實她帶回家補貼家用的錢是康富每月給她的生活費中的一部份，她雖和斐梅住在一起，卻有時也回家看望她的母親。她真正的生父是誰，佳麗猶今還不知道，當她的母親懷著身孕時嫁給現在的這位父親，她到底對自己的身世持著什麼感想，她從來沒有表現出來，但這些事斐梅對柯克廉說時，柯克廉表示依他的看法，佳麗有一種令人毛骨悚然的冷酷陰影附在她平時樂觀的性格上。不過，這位清秀外表的女子卻是非常孝順她的母親，也非常的關照她以下的幾位弟妹，對現在的父親也很敬愛，只是一切的作法持著相當固執的意見，因此她寧可住在外面而不和他們住在一起，而保持著不起磨擦的溫和關係。這也就是她現在緊緊盯住康富的理由。她與康富這幾年來的忽冷忽熱的關係中，她不是沒有機會做另外的選擇，最後的感想是沒有任何一位男士能夠給予她如此優厚的金錢，讓她不必去工作舒服的過日子又有餘錢帶回給父母。前面說到辦完了事他們三個人就在城裡的一家小餐館喫午飯，然後改由二位女士陪柯克廉到陽明山去遊山賞玩，要不是柯克廉的意願，這二位在城裡有繁忙的交際和事務要辦的女士是從來沒有想到要這樣做。多多少少她們二位也漸漸的瞭解到柯克廉那種田園意味的性格，也多多少少有點受到感染和喜悅。斐梅主持的畫廊最近有結束營業的打算，目前真正出錢的老闆已選派了一位男士來取代斐梅的位置，她對於這個工作已生厭煩，今年以來每月都要補貼錢帶給她工作上無比的沉悶。她每月還是有由美國的丈夫寄來的生活費，可是她表示此時也到了最後抉擇的時機，不是她去美國重新做一個標準的中國人太太，就是與他辦理離婚；她說這段非常混沌的日子，事實上是她一生最重要的時刻，唯有這種時刻能夠讓她認真的思考和瞭解自己。所以柯克廉提議要去山野散步，馬上引起她們二人的嚮往的情緒。春天的花季早已過去多時，那山坡草地並沒有很多的遊客，正適合他們欣慕靜肅的自然野趣。柯克廉讓兩位女士留在樹蔭下坐著談天，他單個人爬上陡坡去發洩體力。他的健康已十分的良好，不似從聖母醫院回來時那種半透明的蒼白，他乘輿離開那一帶劃為遊覽的區域，繼續往深遠的地方走去，解脫了上身穿的襯衫，讓太陽光照曬那瘦薄的胸部；不久他有些累了，坐下來喘息，躺著仰望天空，那青藍之色一如他在鄉下的山丘所看到的沒有什麼差別，他的思緒就像回到了那恬靜的所在，竟然令他感懷落淚，一股思鄉之情充盈在他的心胸，直到不知過了多少時候，二位女士尋著足跡找到他，撲笑著他的天真，對他投出無比憐愛的眼光。三個人遂坐在那裡閒聊起來，表示能在這天然之境裸露生活的種種愉快之情，但他們並沒有膽敢嘗試，長久的約制觀念使他們還是認為解脫衣服是種非常難堪的羞事，柯克廉說如不是顧到兩位女士在場，他是會乘興赤裸在此奔跑。三個人為這件事的討論都露出明亮的奇妙眼色，臉上掛著誠摯的微笑，一致的結論是：在私人的祕密處所將來必定有實行的可能；在無人到達的自然土地上必定能夠自由散步和追逐遊戲。回來時已是黃昏，他們乘坐的計程車直開到中山北路一家叫天廚的北平餐館，康富和一位姓羅的同事已等在那裡，他見到他們形色愉快直問他們午後的行蹤。首先柯克廉覺得康富今天的樣子依然顯得頗為快樂，談笑風生，容然是席間的主角人物，但他的衣著比較隨使，只著一件薄薄的短袖襯衫，能看出他胸腹的厚度超出常人；他說他今天特別高興的原因是剛剛完成了一件交易獲得一筆豐富的額外收入，這件事當然使在座的人感到興奮。他把花生米捉在手裡，一粒一粒快速地丟進嘴裡，有如一般勞動的工人喝酒吃花生的舉動；柯克廉問他何以會這樣的動作，他笑著說曾和某些台灣人相處而學來的，像他這等身份和模樣的人做這種動作就顯得引人注意和備覺有趣。他和佳麗約定來天廚是曉得這家餐館的幾樣菜燒得特別好，這是他們生活在城市所追求的樂趣的目標之一。但是從喜笑的談話中，柯克廉意會到有一點嘲諷指向著他，故意配合著丟花生米進嘴的動作。

——佳麗對我說你是優雅有致的讀書人。

——那裡，柯克廉說。他發現佳麗很窘困，從斐梅的笑容中他意會到她要他不要在乎。

——她常說我粗鄙，康富望著柯克廉，要我學你的斯文風度。

柯克廉感覺這句話是一種挑剔，很能代表這個人現在的情緒。他冷靜地聽著，謹慎地提防自己有被對方找出借題發揮的行為。當餐畢轉來藍星酒吧之後，康富便毫無顧忌地顯露他的神經質來。他的攻擊目標並不是直接對柯克廉，而是佳麗。他批評佳麗生活的慵懶，沒有振作和奮鬪的意志。他向斐梅訴苦說：

——妳和她住在一起妳最明白。

——這裡面總有點原因。斐梅說。

——我相信她則完全沒有。

佳麗表示她的意見：

——只要我的計劃能實行，我會表現的比你好。

——我不相信妳的那些太難的理想。

——那麼你相信的是什麼？

——我相信每個人應該早起，夫婦兩個人清早就起床，然後外出去工作，為生活努力奮鬪，腳步一致，有共同的理想，不論他們的工作理想多麼微不足道，都應有這等明顯的表現。

他神情憤慨的說，彷彿他一直在工作和生活中掙扎和充滿痛苦。

柯克廉聽來甚表震驚，康富的語句使他的心臟都為之顫慄。圍坐的其他人都沉默地望著他的氣憤的顏色，他的聲音隨之又震撼激昂起來：

——要幹！幹！幹！

柯克廉注意到佳麗，她以不在乎的表情對康富斜斜地瞥望著。

——妳說是不是，斐梅。康富柔和的說。我要謝謝妳，她一直都受到妳的照顧。他的聲音又轉強硬。但我不能忍受她睡到中午十二點鐘，她起床時我已在外面奮鬪工作幹了四個小時了，我需要吃飯休息了，她才起床伸懶腰。

——根本不是這麼一回事。佳麗反駁道。

他盯著佳麗喚著——怎麼不是？

柯克廉心中有著強烈的感覺，此時非常同情可憐不幸的佳麗；他認為康富的話事出有因，當然不必馬上給予一個結論，說他精神的異常。

佳麗沉默地把頭轉開，康富說完就走到酒吧台，和那些侍應的吧女閒聊。有幾位吧女也走過來陪他們，其中的一位和柯克廉交談幾句之後表示要請他喝杯酒，斐梅暗示柯克廉吧女請客人喝酒，客人要懂得規矩回請對方一杯。對剛才康富的一席話，柯克廉發現二位女士並不怎麼動容，反而有卑視之色；他想，康富的這種表現恐怕她們早就熟悉，尤其佳麗好似早已習慣他的虐待性的作為，她所採取的是被虐待性的姿態。我們的柯克廉在上次跟隨他們來這家酒吧的感覺是新奇而有趣的，設備並不太引人注意，倒是發現此間的吧女水準頗高，來此的顧客也都很溫文高尚，他特別的喜歡一位名叫米雪兒的女經理，據說有些老牌的吧女都有加入股份儘量的使客人滿意舒適的服務，她們也懂得客人的興趣，因此儘量的發揮她們的長處，在談吐上不落入低俗，衣著也很顧到時髦。米雪兒赤裸的手臂和臉部表情的性感是她的特徵，很受我們的柯克廉的賞識，在上次離開的時候，就沒有抑制的去緊握了她的手臂，那時他已飲了一晚的酒，似乎已墮酒醉心迷的境地。此次來她和柯克廉就像是熟朋友了。而康富根本就是此間酒吧的老朋友，甚至是那些風韻綽約的吧女的親密知己。總之，城市裡的這種場所的奇幻妙境是超出柯克廉往日孤寂生活的思想所能比較和瞭解；在鄉村的單調日課裡並不感覺寂寞的可怕，倒是此時反而在這多種人物的包繞中，在異性的引誘的眼光裡，在燈光和杯酒的陶醉中體會到內心寂寞的冷酷，一陣一陣的寒冷的侵襲使他發生肌肉的戰抖。

米雪兒走開，斐梅問柯克廉道：

——你喜歡她？

——非常喜歡。柯克廉說。

——看來在此場所中迷醉的男人並不少，連你……

——她們在日光下就有不同的相貌和身段。佳麗對柯克廉說。

——日光和燈光是兩種不相同的世界。柯克廉坦白地說。為何妳們在此會失去了魅力的原因就在此。

——是什麼？斐梅問道。

——感覺，再加想像。柯克廉說。

——假使我們是這裡的吧女，你以為如何？

——完全不像。一旦你們也參加她們的實際行列，那就沒有差別。

——這樣說，卸妝和離開此種場所後就沒有半點吸引力了嗎？

——我想情形是一樣的。她們的存在和價值只有在酒吧間的屋子裡，和演員的不朽是在舞台上一樣。一個人的受人注意只有在特定的時空，否則就會受到忽視。

——這是米雪兒迷住你的原因嗎？

——當然，我身在此間，扮個受迷的角色，以使對方能夠自覺重要。

——你的仁慈好似無遠弗屆。

——這是因為意欲的情感沒有永恆的原故。

——什麼事具有永恆？

——理念是永恆的，柯克廉說，一種是延遞於人心，一種是宇宙的自然意志。

佳麗的神情完全像第一次在斐梅的寓所聽他講述丹霞禪師的故事時一樣。

斐梅說——像白馬？

——但它是實在的嗎？佳麗問道。

——當然實在，不然我的先祖為何能描聲繪影。柯克廉說。

——我要嘲笑你，柯克廉。佳麗說。

——為什麼要笑我？

——你根本是在此地做夢。

——我早就對你說過世界沒有你追求的理想女性。斐梅說。

——沒有白馬。佳麗說。

——假如你此時愛米雪兒，又在另一時愛著……。

——理念之下有萬兆的情感，如我愛她只是其中的一片而已。柯克廉說。

——你永遠注定要墮落於地獄。

——這是我為何往上攀爬的原因。

——像可憐的撒旦萬劫不復。

——親愛的女士們，柯克廉嘆道，讓美感留存在心中罷。

米雪兒並沒有再回到柯克廉的身邊來。康富又恢復愉快幽默的態度從吧台走來，兩位女士表示不耐久坐，結束今天的活動正是此時；從午後在山坡草地的漫遊到現在佳餚美酒的溫飽，整個感覺和所引發的思想可說毫無遺憾；所謂甜美生活亦可以此為例，世界還是美好，周圍四處皆是善良可愛的人。我們的柯克廉在此短暫的時刻，毫無隱諱地迷戀著米雪兒，即使永遠無再見之日，亦能留下奇幻的印象。他的情感傾吐於這特殊的時空裡，是永遠不會與日光下的倫理相違背，亦能受到同伴而來的女士的諒解，她們也明白一旦離開此地，一切便歸於幻滅無留痕跡。

那晚最後感人心目的是康富坐在吧台旁邊的高凳上，從褲袋裡掏出一綑鈔票，這大概就是他在天廚餐館所發表的額外收入，他們站在旁邊，等著他數出結帳的數目之後便要離開；

這時刻，柯克廉聽到一句頗刺耳而動魄的話。佳麗不耐煩且輕蔑地瞥著康富數錢的動作，他依然不忘在此時學著粗陋的商人指沾舌液數錢的習慣，像他丟花生米進嘴的舉動一樣使人發噱，但佳麗說：

——這些鈔票最髒了。

從任何一個角度來說明這些錢，佳麗是說的很夠理由。依柯克廉事後的結論是：凡人的命運乃是操在自我之中，克己儉言是必備的修養。佳麗這句話並沒有引發其他人的注意，康富也是專心於他的表演。走出來時，斜對面正是統一大飯店閃爍的燈光，街道在夏夜顯得十分迷人，大飯店是佳麗和康富每星期住宿兩夜的地方，他們站在走廊各自表示如何分手的意見，斐梅問佳麗今夜是否要和康富在一起，這是非常順理合情的說法。

——不，康富馬上反應道，佳麗和斐姐回去，我要回家休息，明天要早起工作。

今夜受盡侮辱的佳麗倔強地說：

——我不回去，我要跟著你。

當康富轉身想溜走時，佳麗向前捉住他的手臂。他拂掉她的手。

——我不要妳，他說。

她忍受不住地大聲嘆叫：

——我偏要。

她的手再度捉住對方，在那頃刻間，柯克廉並沒有看清發生什麼事，但只見康富揮拳把她擊倒。可憐的佳麗有人去扶她，但她蹲著不肯站立，她的腹部和眼睛都受到傷害。康富展示他的手臂在斐梅的面前，細白的肌肉有幾個指甲穿破的傷口，延著斜度流下數條血流。

——你們看，這種野蠻的女人我如何能要。

說完這句話的康富衝動地跳到街心，那模樣同樣很戲劇性，彷彿獲得了自由一般舉起手臂高呼著：

——Bye-Bye，再見。

他攔截一部計程車揚長而去。

最叫心驚膽跳的柯克廉感到意外的是，那位姓羅的康富的同事以及斐梅都像不在乎不著急的樣子，為何？喪盡生存尊嚴的佳麗固守著她那屈辱的姿勢，不肯聽從勸說站起來，他們向苦惱的柯克廉解釋所謂康富和佳麗的這種屢玩不膩的把戲，在過去他們時常遇到這種層出不窮的演出。

——等到明日，一切都會復好如初。斐梅對柯克廉說。

那位姓羅的朋友說——不是如此，就不是康富。

——這就是佳麗。斐梅說。

僵持了一刻鐘後，百思不解的柯克廉終於被斐梅好言地勸走了，他回頭還看到佳麗依然蹲著淚流滿面，斐梅站在她的背後；他想：此時要是她的母親見到出來謀生的女兒蹲在街邊哭泣不知要如何的心碎啊。

第十九章

翌日柯克廉心裡記掛著昨夜驚悸的景象，有如在一場凶險而淒慘的夢境中哭泣著醒來，約在十點鐘左右親自到斐梅的寓所，一方面是來探問佳麗的狀況，另方面想向斐梅表示他已有所決定，對於一年來她留住他在城裡的任務已有充分的瞭解和結論，她在最初的意旨中要他觀察的，他都已傾盡了能力來加以注意，與他在這一段時光想尋一條自己將來生活的途徑的努力都能不謀而合地獲得一個滿意的結論。滿意這兩個字意指他對這個城市環境的瞭解比他過往求學的日子與後來的想像有著更深一層的曉悟；總之，這個城市不是空洞的，不是幻覺而是確確實實地峙立在時空中，有著廣眾的人們在活動，有著高樓和美麗的設計構成它的立體，有著氣候的變化，有著生命的情感發洩，對於這些現象的審視和思考有助於權衡自己本身的地位和重心，從這裡可以判明自己的能力是否能再服務羣眾，由於本身的性質是否能再和朋友們和諧相處，共享生活的樂趣，甚至分擔憂患。柯克廉自知從此種角度來議計，那麼他的使命工作已經完成。他無需去為一切非圓滿的結局負責，也不以為留下的殘局就是他和朋友們沒有盡心力而為，結果如何根本不是他的使命的目標，而能夠應用微妙的知覺來體嘗一切的情感作用才是他生活在此城的根本目的。對周遭生活環境的關心和參與才是做人的條件。從這方面來檢討我們的柯克廉的行為，他僅僅合乎做為一個個人而已，一點也沒有超出常人的表現而可稱讚為智者，他應屬於後知後覺者，因此在面臨某些情景時他會產生衝動，他會產生幻覺，他會感到脆弱，他也會滋生慾望。我們知道他初來不久即遭到昏倒而療養許多時日，他不比他所知道的朋友們堅強，他是個頗為膽怯的人，往往被人看成為謹慎者。他具備知識，可沒有多少智慧，一個常人就是如此，只能配有事後的覺醒而沒有事前的預見。從開始我們透過長篇累牘的含糊的陳述，也許把他視為聖徒這類特殊的人物看待，正相反的在現世已沒有這種角色存在了，我們只是在芸芸眾生中選擇了一個泛泛的無名小輩，而這個人正好有幻覺和欲求的生態特徵，他有被迷惑和事後覺醒的兩種機能，他有某種天生的耐性，以及任性的個人意志的雙層特點，凡此種種正是我們把任務交在他身上的理由，經由他來見證生活在城裡的一小部份知識份子的潺流的情感，雖然他不免有個人的偏見，這些和他交誼的幾個人亦非全體的代表，可是大體能從他們的愛憎之間看出文化的特色，以及顯現出一種從未有過的精神風貌，我們可以知覺到文化多層交混的結果造成了精神的畸型，極明顯的能夠將人物畫像繪成如匹卡索的立體派特徵，情感裡有多種意識的混雜運作，夢與現實交替地顯現。柯克廉就是我們注入給他呼吸而能夠活動的木偶，這個城市因此依循其虛幻的特質而呈現出童話般的景致。他原本是一塊可供燃燒的木頭，一旦木頭的本質沒有改變，刻成人形之後依然有燃燒的價值，可以看出它在烈火中活躍的劈啪聲響，以及在溫火中苗苗可憐的身姿。但昨夜他所寄望的夢想，有如在燃燒中遇到了雨淋突告熄滅，使人不忍其睹那黧黑的面貌。他心中的決定使他連對斐梅要說出的第一句話都預先想出來，他實在已沒有必要再停留城市一時一日；關於這一點他有必要和斐梅說清楚，他的個人決定有必要徵求她的瞭解和認可，使她在他離開之後有不必要的掛心。有一點他想要求她對他說明白，那就是從開始就對他表明的那份期望，是否與她不斷對他提醒的關於理想的女人不存在於世界有關。柯克廉能夠隱約的感到是有關係，但他和斐梅一直維靠的是心靈的默契，從來對於自身的一切不做肯定的解釋，而此刻也許正是將心中的祕密互告對方的時候。他心裡事實上也在關懷著她將來在他離開後所可能採取的生活意向，她雖曾簡略地說到結束畫廊的工作後有二條路擺在眼前等待她的選擇，他最為關切的是她留在此城的問題，如若她到美國與丈夫團聚，事情就很簡單而圓滿的告一段落，如若離婚續留於此，那麼她的工作和生活形態如何，類似畫廊的工作對她已經夠受了，此後的工作不必假藉於服務的理想，而實際是受人的操縱，大可選擇一點富有個人創意的事，因為經濟對她來說沒有太大的困難，她還有從父母繼承的小數款項，省出節用還能維持一段頗長的時日。昨夜回到還可暫居的宿舍後，柯克廉就想到這一點比較實際的問題，有大部份時間思緒還是被佳麗的可憐形貌佔據，他對她的憐惜產生各種幻想，可是都很不實際而完全拂棄。早晨他又想了一番，突然有一個靈感為他想透，後來才發覺他們的看法畢竟有著實際的經驗，覺得他們的觀感和樂觀頗有道理，發現傳統的觀念的宿命意義依然有其立腳的地方，佳麗和康富所扮演的角色正是此時還留存在城裡的一個普遍例子，從他的戲劇性的邂逅到後來戲劇性的連串事件，正是他們這一對男女的命運的形式和內容。他來探訪就是為這一點尋求確實的證明，如若這樣，那麼他就可以贊同他們滿不在乎的旁觀態度，對於自己的驚愕和緊張可以獲得舒放和解脫。他抵達時看到門戶是半開著，裡面沒有燈光，他高興的想到她們必定在家，或者準備要出去，他正好趕得上會見她們。客廳有種幽暗冷清的氣氛，只有落地窗那邊拉開的一條光線投進來，柯克廉正好站在地板上的那條光影之處，看到窗簾旁邊站著一個人影的背面，那個人從那條拉開的縫線對外投視，從身姿和高度判定比較相近佳麗，對方根本不知道他走進來，所以他必須先發聲引起對方的注意。

——佳麗，柯克廉叫道。

對方還是沒有免去突然的驚跳，她轉身過來才讓柯克廉察覺不是佳麗。當然更不是斐梅，是一個陌生女子，他彷彿在某個地方看見過她。屋內的光線還是不足，他走過去把窗簾用力拉開，才認清她是天使地下室小酒吧的女侍林小鳳。柯克廉大惑不解她在此地的理由，可是有一點是他不能否認的，從她那潔淨樸素的衣著看來，要比她在小酒吧服務時的模樣更加令人感覺清新可愛，要非他和她有過一面之緣，斷定不會認為她是幹過那種調酒的工作，更以為她是端淑拘謹的某家小姐。她有點驚惶之色，比在天使地下室更為羞怯，漂亮的眼睛不斷眨動望著柯克廉的舉動。

——對不起，我嚇驚了妳嗎？

——有一點，她的聲音可以聽出戰抖，沒有關係。

——我以為妳是佳麗，她們呢？

——佳麗和斐小姐都出去了。她說。

這句說明把我們的柯克廉彷彿從崖上推落到千丈的深谷。他有點癱軟的感覺，興奮之情完全消散而去。他跌坐在沙發裡，碰到一個絲帶未解開的蛋糕盒子，他用手試著推它一下，裡面確實有蛋糕的重量。他抬頭再看依舊站著不動的林小姐，發現她正在注視他剛才推蛋糕的動作，現在的模樣又像是等著他發問。

——請問，妳在這裡做什麼？

她比先前更難為情地說——等曹林回來。

要是說到別人，我們的柯克廉也許還留有相當濃厚的疑問，但她一說到風流才子曹林，他就完全明白是怎麼一回事了。

——為何不坐下，柯克廉說。

她輕步移到柯克廉斜對面的沙發坐下來。

——曹林馬上會來嗎？

——不會。她說。

——什麼時候？

——大概到中午的時候。

——妳剛才看外面不是……

——我只是閒著無事。

——可是你還要等候很久。

——他也許會給我電話。

——妳是他帶來的？

——是，我們是說好的，他帶我來這裡，因為他要斐小姐和他出去辦事。

——辦什麼事妳知道嗎？

——他要在美國開辦畫廊的事。

——他要做生意？

——只是兼差。

——那麼這蛋糕是你們帶來的？

——不是，是一位叫康先生的，十分鐘之前佳麗才和他離開這裡。我站在窗邊望著他們，覺得他們是很好的一對。

——妳和曹林也是很好的一對。柯克廉說。

他覺得有些口乾和疲倦，從這位林小姐說出的消息使他像做了一次智力測驗，在片刻的時間內需要決定答案。關於今早他來之前這裡所發生的進進出出的情形，可以想像他們的匆忙有如暴風雨來臨前的螞蟻的行動。當然有點氣餒的柯克廉知道他們根本不是螞蟻，他們是有理性和思想的人類，因此他們的表現至此已引不起他由衷的憐憫，而是令他產生一股憎惡的情感。事情太有點如他想像的就令他感到有點洩氣，到底未來是否還會發生變化，一直站在旁觀目睹和聽聞的柯克廉目前沒有那種肯定的自信，而且也可說不重要了；他們的行為有如舞台上的情節只是想安慰觀眾罷了，維繫在大眾心裡的滿足也就是所謂合情合理的信條；我們的柯克廉所關注的並不是這類的圓滿結局，他也不想喝采曹林的聰明乖巧和其自身的權變，他寧可指願他們掙脫社會集結的人性枷鎖，他盼望的是人生的詩情和美感，即使不惜付出不幸的犧牲代價，他只願注視這點微小的光輝。他瞭解人類在社羣生活中所進行的反覆行為，完全是為了貪求一份眼前的舒適和滿足，除了英雄和天才這種少數人才配有悲劇的意味，他們才有破除枷鎖的勇氣，他們的臉上才塗有濃鬱的色彩，有深刻的線痕；反看社羣的大眾，他們日常都需掛著一副大致相同的光滑和喜笑的面具，真正的臉目因日久的遮掩已變得模糊不清，連他們自己也不認識了，因為他們的生活只需依循一條常規，而根本不必注重個別的特性。佳麗和康富那種滑稽劇的印象至此已完全自關注的柯克廉心中除去，現在讓他疑問重重的是斜對面的這位單純的女子，她到底是否就是他目前印象所認為的純潔和無知，或只具有娛悅人的清新可愛的外形？他不得不親自到廚房去找茶杯倒水，他還有記憶斐梅把酒放在冰箱裡，他自廚房大聲地問她是否也需要一杯威士忌酒，她的回答是什麼都不需要。但柯克廉還是禮貌的多端一杯水給她，在這個屋子裡他自信比她更要熟識一點，因此他有這個服務的義務。

——可以想見，自從我和曹林第一次到……

想到這個話題的愚蠢和多餘，柯克廉突然中斷，但對方似乎很認真的聽著他說，表現的不似剛才那麼拘謹，她完全明瞭他想要說的話。她應該有點傲慢之色，但她沒有，從她和善的神情可以清楚她具有聰明樂觀的性質，大概她也想通了他對她是完全無害的；顯然她和他都是生長在台灣的人，面對之間自然有種親切的氣氛。

——他幾乎每天下午都來，她說。

——那裡午後到黃昏之間大概都沒有什麼顧客？

——都如此。我走了以後，酒吧也撤除了。

——曹林是個多情的男子。

——這點我明白。

——他大概什麼都對妳說了罷？

——他的確對我說了許多他的經歷，但我不太明瞭你的意思。

——我的意思是他有什麼打算？

——他對我說在此間的工作馬上可以結束，已經移交給別人，他也馬上要到美國去，那裡他有一個新工作。

柯克廉有點困窘，他不能直接問她他想知道的事，而必須繞著一個大圈子兜轉，因為這類事在上次他和曹林交談時已經窺知他的意向，事後也聽到斐梅提到，只是他和這位小姐的來往極為祕密，有點不到最後的決定關頭不讓人知道的意味，相信斐梅今早也一定大嚇一驚。斐梅自從不在畫廊上班已很少去管這位家族中最年幼的兄弟的一切私事，她認為少管他可以省卻許多煩惱。但是柯克廉猜測一旦他來求她幫忙，她又有不能拒絕的老習慣。

——恕我直問。他像一位長兄抬起莊重的頭顱望著她。

——要問什麼？她說。

——他帶妳到美國嗎？

——這是我最希望的事。

她的表情突然變得嚴肅，又有一點回憶心事時的思慮。她說：

——我覺得到外面的世界去看看是值得的。

她不經意地說出「值得」兩個字是很自然的，也讓柯克廉完全明白整個事情的核心在那裡。固然他心裡有些失望的感想，有些寒涼的意味，但他表示贊許她的觀點。

——那麼我要恭賀你們了。

——還說不定，下午我回嘉義後才能完全肯定。

——他和妳一起去嘉義嗎？

——這一次他不去，上次他陪我回去過了。

——妳的意思是這次回去稟告父母？

——是，她說，父母養育我這麼大總應該獲得他們的同意。

——對你們來說這是例行公事了。

她最後留給柯克廉的印象是她的得意笑容。斐梅家中的電話鈴響了起來，她搶先去接，是曹林打來的電話沒錯，她告訴他柯克廉在這裡，對方喚來斐梅和柯克廉說話，她要柯克廉馬上到第一公司的茶樓來見她。

第二十章

他離開斐梅的寓所，心裡還未對這位心慕遙遠世界的酒吧女侍評價之前，想到的是那位從異國來的女子珍尼絲小姐，他對她的好感至今猶在，起先對於她投入曹林的懷抱有著無比欣慕之情，在城裡的社交圈中亦稱道他們二位在一起的確相當，也頗富詩情。沒有人會猜疑他們之間會有分開的一天，起碼在這個城市裡是這樣。柯克廉甚至聽到幾位有時在畫廊見面的畫家談到珍尼絲小姐手指戴著的一枚古黃金的戒指，上面還鑲有一粒紅寶石，式樣是現在找不到的，屬於舊時人物的東西，據說這是曹林送給她的，珍尼絲小姐向那些畫家道及她和曹林訂婚的事，展示那枚金戒指給他們看。這件事固然讓人感到興奮，當他們遇到曹林向他賀喜時，據他們描述，曹林有點吃驚，完全否認有這回事。這件離奇古怪的事有點叫人發楞和尋思，不論它是否矛盾重重叫人不可思議，卻使人有一種感想，那就是他們不如大家心裡想的那樣諧和，除了當事人任誰都不會明白真正的底蘊在那裡。據說近半個月來，曹林的行蹤有點隱密和怪異，他顯然有意地在迴避著珍尼絲小姐的追蹤。現在事實已證明曹林對自己的真正決定，感情的事已移到這位本島的處女，對那位隨世風漂蕩的異國女子已持厭倦之心。曹林本身當然有他私自的理由做自由的選擇，但事情並不會就此容易解決，珍尼絲小姐手指間的戒指和她說出的消息如沒有獲得真確的解釋，他的名譽恐怕會永遠留在記憶者的心中一個擦拭不去的污點。

柯克廉趕到中華路第一公司頂樓，走出電梯時正迎著他們一大羣座談完畢的畫家在等候電梯，面對面時他和其中的幾位招呼問好，發現白夢蝶先生也混雜在他們之中，可是為了趕電梯，只和柯克廉擦身而過，從他的眼光柯克廉感覺互相之間陌生很多，總之在那頃刻之間是不能進行交談，大家都顯得匆忙緊張，也思考到互相之間沒有什麼利害關係，還是閒話少說的好，生活在這擁擠不堪的城市裡，心照不宣的冷默幾乎為人與人之間的唯一態度。他往前走看到曹林和斐梅還坐著交談，他走近時曹林就站起來，和他熱烈的握手，好似他們之間是什麼知己的親密朋友，柯克廉感覺他必有所關心，但決不在他身上。他笑容可掬的問道：

——小鳳在那裡好好的吧？

柯克廉現在唯一的好風度就是迎合著他，但並不虛飾事實，所以他說：

——很好，她很漂亮。

斐梅靜坐一旁仔細的觀察這兩位本質不同而突然有熱絡表現的男子，想以他們的表現給予最後的評斷。

——好，曹林說。他從來未曾表現過如此的認真和正派，一派做大事的模樣就在這幾分鐘之間顯示出來。斐梅會對你談到一切的事，我先趕回去，她馬上要回嘉義，我們有機會再碰頭。

——再見了，我祝福你們。柯克廉說。

曹林走後，斐梅感嘆著說：

——這個世界在變真像一個人轉身那樣輕易。

此時已臨午餐的時刻，漸漸地茶樓的桌子都滿客，他們剛才座談的大圓桌實在不適合留下的二個人的用餐，斐梅也感到環境太吵雜不如離去，想到他處去選一個安靜的地方，柯克廉對她此時的煩躁只有小心地依從。他們乘電梯下來，沿騎樓的走廊走到漢口街九龍餐廳，這個最後的午餐之地正是他們最初晚餐的所在，印象中猶如昨夜到今晨，依然簡單的點了蠔油牛肉和甘蘭菜二樣菜吃飯。在步行過來時她已先問過柯克廉昨夜是否睡得好，他照實的說只睡了幾小時。

——那麼其他的時候你在做什麼？

——清理一些東西。

柯克廉說到「清理」兩個字使她特別的敏感。

——何事清理？

——妳知道九月學校開學之前必須遷出去。

她懷疑地問道——就為這件事？

——我得走了。柯克廉說。

——為何這樣偌大的城市容不了你這個人。她再度嘆道。

——現在妳不必再袒護我，柯克廉解釋說，不必為了我個人的理由責咎這個美好的城市。它有令人著迷的地方，我接受妳的意思留住城裡，無形中獲得了許多寶貴的見聞，這些經驗讓我不致像以往憑想像來揣摩它。它具有感人的特徵，使人體察到美麗的外表的背後的一切辛酸和苦難。起碼這個城市已具有了優美的形式，它容納了各式各樣的人，它會集了各不相同的思想，而形成一股強有力的生活形勢，每個人就在這個形勢範圍中享受著自由。憑這一點已是難能可貴。它不排斥某些人，但某些人會自行脫離，一個具有強烈理想的人如不離開，就會沉墮和軟化；但是它也特別適於某類人的生活，這些問題我都尋到了答案。我的任務已經完成，特別是我在妳的關注之下，讓我順利獲得這些經驗，並且慶幸地安排得如此的巧妙，每一個事件和有關係的人物都具備著它的內在精神，這一切並不是為了成全我的使命，倒是一種自然命運的巧合，沒有絲毫勉強的作為，都是依照各人的意志做出他們的決定，也沒有特別安排事情的結局，完全讓其自然發展以及自然的結束。我特別要說明到我的部份，我特別滿意這一點。我原是沒有任何計劃的來到城市，也沒有意料到會再見妳，甚至因妳的關係認識其他人，那時我的心境是相當的無依，我的困難很難向人傾訴而容易取得信任，但全知者的牽引，使我心中的理想原意在別處卻轉換到此處，我的出發點原是為己，為個人的理由，卻沒有想到會成為一個參與的旁觀者，興趣由己出發而著落在別人的身上，整個過程都令我感動，使我在介入與隔離之間維持著一個微妙的關係。我無私人的宏願，只想覓求安適的生活，卻改換了志趣參與著文化的活動，要我扮演一個敘述者，因此我現所迫切需要的是返回一個寧靜的處所，好好的記錄我的漫遊的奇遇，這些材料透過我的全知心靈變成整個事實的象徵。

斐梅聽到這一席話至為動容。

——我最不能原諒的是我自己。她說。

柯克廉頗為不解的問——妳錯在那裡？

——我的善心。她暗然地說。

——妳的善心有什麼罪過？

——我讓他們踐踏著，經過我達到他們的目的。她露出傷感的神情，啜泣著，把頭轉過避去柯克廉注視她的眼光。

——你看到了嗎？她問柯克廉。

——是的，我明白。

——你的感想如何？

——最好我對妳不要有置評，只是事情將過去使妳感到寂寞罷了。

——我所獲得的報償就是寂寞。她說。

——可是誰也沒有責咎妳。柯克廉說。

——珍尼絲就會。

——什麼理由她要責怪妳呢？

——她認為我是個主謀者，從中破壞她和曹林的關係。

——他們的事，她和曹林自已負責。

——她並不以為這樣，斐梅說，她說曹林和她已經訂婚，有戒指為憑，她認為曹林最近避開她是因為我不贊同他們的婚事，她從開始即相信曹林是受我的控制。

——妳真的控制他嗎？

——他依賴我，但我並不管他那種事；我只是想幫助他成就在這裡的事業，他的感情我就讓他自由奔放。

——我認為她和曹林之中有一個是說謊者。

——我當然知道。你說這件事情該怎麼辦？

——這事最好大家當面對質。柯克廉說。

——曹林和小鳳的事已成定局，如何再去對質？

——讓曹林自已去負責擺平，現在與妳何干？

——曹林就是要求我為他擺平珍尼絲。

——這怎麼可能，難道妳答應了他？

柯克廉因憤慨而顯得有點激動。

——不行，他一切靠我，過去如此，現在也如此，他的荒唐行為的結果都要我替他收拾，我不能在他的危難中退縮不理。這是最後一件事，我非負責到底不可。從此他長大了，他一旦帶小鳳飛去美國，一切才算終結，你明白嗎？

柯克廉歉然地說——我明白。

——為什麼你在此刻不幫助我，救救我，柯克廉？

他深深地注視斐梅，此時他覺得似乎較她年長懂事，她乞憐的目光刺痛著他的心靈。他們之間的關係至此才完全顯露出清晰的形貌。他終於明白她的仁慈作為都是為了獲得他的最後愛憐，雖然看似不合邏輯，卻是此刻不能否認的事實；柯克廉貧弱和蒼白所堅持的哲學變成她生活在此的唯一慰藉，她的經歷使她明瞭一切的奢華和快樂都是迅快轉動的花燈，只能及時行樂可也，卻並非心靈真正的居所。

——我如何救妳，斐梅？

——當一切都過去之後，我希望你仍然是我的朋友。

——我永遠都是妳的朋友，斐梅。柯克廉說。

——可是你卻像他們一樣意圖溜走。她抱怨般地說。我能讓他們走，佳麗和曹林，他們走了使我有輕鬆之感；但你走了，卻給我恐怖的感覺。

——我從來不曾自覺如此重要。

——這是你使我感到重要的所在。

——憑著妳的善心，妳會再有另一批人。

她自我解嘲地說道——然後還有另一批……

——這不是妳所需要的嗎？

她非常失望地說——這是妳對我的瞭解？

——只可說是我對妳的認識。

——我不否認我曾在這樣的形態中感覺滿足。但一切都將要過去了，我感到這樣的生活的可怕厭煩；永遠為別人奔勞而忽視了自己的需要；許多人都視我為沒有性別的人，包括你，但我是一個真正的女人，從今以後我要把自己看成一個女人，一反過去我要去尋找單純的生活。甚至向你學習。我現在完全明白要尋求安慰必須找同時代的人，不是白夢蝶，也不是曹林；我們的時代將要過去，新的一代決不會使我們滿意，他們像我們年輕時一樣愛好冒險，用情不專；此時我們沒有找到心靈的歸屬，便要注定瘋狂，成為被人屏棄的瘋子。

——妳不覺得新的一代需要向我們學習嗎？

——他們是狡猾的，只想利用我們，一旦他們找到立足之點，就會將我們棄置不顧，甚至攻擊我們。

——但有些人卻會成為他們的偶像。

——他們的崇敬之情是完全虛假的。她非常明智地說。我要的是真實生活，不要那些虛榮的歌頌。

柯克廉同意的說道——我們不需要再爭論這些事，我應該說我們的意見互相一致。她的臉上可以瞧見興奮之色。

——你答應了嗎？她迫不及待地問道。

——我有此能力嗎？柯克廉懷疑著自己。

——你的性質不就顯示出來了嗎？

——但細節問題如何？柯克廉問道。

——我們現在只定這個原則，約定和承諾，不談細節。她說。

——何時我們才開始談實際的細節？

——等你離開城市之後。斐梅說。

——我原以為妳還要留我在城裡。

——你應該先避開這是非之地，讓我獨力來收拾殘局。

——為什麼妳要自告奮勇？

——這應該說是我自作自受。

——妳不覺得孤單力薄嗎？

——我自信還有這個最後的力量。她說。但整個事情過去之後，我需唯靠你。

——我知道。柯克廉說。我會再到城市來。

——不，你不會再來。她說。是我到鄉村去。

——好，這隨妳的意思。

——這才是你的想法，我要依你的意思做。

——我根本沒有確定的想法。

——我知道，但我不在乎。

——這是事實。柯克廉說。

諾言

森林誠可愛
誓諾更難違
——佛斯特

我親愛的妹妹，妳現在如何？日子一天一天地過去，我們已經離開童年甚遠了。我和妳到底有多少時日沒有見面，這使我無法去做精確的計算；二十多年前，妳的義父生日宴慶的第二天，我們分手後便沒有再有任何印象留在我的腦裡。我現在想念妳，是因為我對妳所做的承諾的緣故；我答應妳，把妳從妳的義父母手中贖回來。但我始終沒有辦法做到，如今妳的形蹤無處尋覓，更使我的內心感到無比的慚愧和痛苦。我是如此地想念妳啊，日以繼夜，只要想到我對妳未現的諾言，我便會體嘗那難以形容的悲哀。

我的志趣與這虛假的光亮世界格格不相投合。現在的世界是充滿了隱憂，而在外表卻像鍍了一層光亮的白漆。這種重表的現象是隨處可以見到而令人感到難堪的；就像校園或公園中被漆上各種顏色的石頭，經過日曬雨淋和灰塵的掩蓋，一個自然的面目在戴上假面具後的頹喪便顯露出來了。現在的人們唯一的工作就只得時時去維護這些虛假的面目的潔淨，如此地勞頓，如此地不經濟，如此地作偽，且如此地戕害自我的心靈。我的憂鬱是命定的；生命短暫而志同道合者是如此地稀少，每一個個人都害怕現實的勢力。但當我認知喪失的只是一種現實的酬報時，我的心中才感到平靜。妳的命運，我對妳的諾言，我個人的境遇是連續在一起的。這構成我對妳的不能忘懷；我們倆是親兄妹，可是妳卻失掉了我對妳的照顧。現在的妳的生活如何我一無所知，也無從打聽，只有上帝能保佑妳，以及妳自己小心謹慎的生存。因為我又回到了我們的誕生之地，我的憂傷所在，我現在倍增地想念妳。

從我們的父親的遺物，我知他是個智識份子，是一個奉公守法的自由主義者。他是一位高貴的人物，我為他自豪，雖然他那不屈就的高超的品格致使他在英年就因貧困的煎熬而慼然離世；他知道現世人性的醜惡，我對他的早逝感到慶幸。那時我十二歲，妳是十歲，母親把妳寄養在鄉下的一位姓吳的農夫家裡。我們的童年就這樣活在同一個地區而卻住在兩個不同的屋子裡。我早年的乖戾、暴躁和孤僻妳當非常的瞭解，我的身體裡且完全繼承父親渴望自由的意志。我討厭生活方式受人無理的批評，理想和工作受人的擺佈，而不能真正享到才智的自由奔馳。妳的愛心在那麼年幼的時期便已顯著的表現出來；當妳每日清晨自農莊步行來鎮上上學時，總不忘在書包裡藏些農莊生產的果物，將它們帶來給我。在我的童年裡，從來沒有零用錢，沒有鞋子穿，沒有早餐可吃，這對我的自尊心是莫大的挫折和損傷。但妳的愛有時補償了這些。每天我總會走到沙河橋頭去等妳，妳在遠遠便投出光亮的眼神和加快腳步。對我而言，妳是個安琪兒，既美麗又仁慈。妳有時責怪我的貪婪，但妳還是順從我；祇有在學業上我能凌駕妳和教導妳，其他，我所顯露的是個無知不懂事的孩子。

在我要離開小鎮到省城進中學的前一天，妳要求我去到妳義父母的農莊。就在他們慶宴的那天，我與妳步行前往，妳引領我進入山區，步入妳生活的世界，這也是我第一次從市鎮的狹小範圍延展於山巒起伏和田畝縱橫的自然領域。我生性膽怯且極度地偏食，從未敢放膽地去參加任何集會或宴席。在農莊的晚餐中，有大部份的食物是我本來就拒食的，譬如沙魚肉所做成的各種菜餚。只有竹筍是我喜愛的。我對豬肉也不太喜歡，只能淺嘗少許，這使妳頗感難為坐在我的身邊。但那天晚上，妳在許多圍繞在露天稻場的成人和小孩子們之中的演唱歌謠，是我至今難忘的，我意想不到妳的聲音會顯示如此響亮和清晰快捷的本領。其中有一首，妳這樣開頭的：

路邊的茶
不可飲；
路邊的花
不可採。……

那情感就像是屬於成人。至夜深時分，我們仰頭注視夏空的繁星，連連不斷地打哈欠，妳提著一隻煤油瓶火引我走入妳黑漆的臥室。農莊的屋子似乎都顯得幽寂和黑漆，時間像突然被凝固在那裡無法動顫。我們並排地睡著，感到溫暖和慰藉，在一襲灰白色的紗帳裡。沉默片刻，我以為妳已睡著，突然聽到妳羞憤地發聲說：這裡雖然有吃有穿，但寧可回到鎮上親兄弟姐妹的貧窮家裡。我毫不思索地回答：當我長大，賺了錢，一定把妳贖回來。妳開始切切地哭泣嗚咽，我摟著妳多頭髮的頭顱，也流著眼淚。妳唱的歌如今在我的心中不斷迴響著：

有錢的人不要
識誚窮人；
做官的也不要
仗勢欺人。……

現在我們都像突然自那一天長大成人了。我已成家且在一段漂泊的時日後疲憊地回到我們的出生地來。一切都令我觸景生情。存在我心中的妳，和我對妳個人未嘗實現的諾言，使我憂鬱和悲傷。我只探悉妳和農莊的孩子們性情不和，當妳隨後考取城市的中學時，妳的義父母不願讓妳多受教育而馬上將妳許配給他們其中的一個兒子時，妳為自己的前途而反抗而離開，背著受人指責的惡名，且在最後也脫離了領養關係。我多麼不敢將這些存留在我心中的事告訴任何生活中有接觸的人們；我們既不需要他人的同情就不必要引起他人的不快。據說妳在城市生活了很長的歲月，沒有親人，沒有知己朋友，最後妳到美國去了。一切消息至此杳然。我們的關係像是突然地斷絕了，沒有見面機會，也沒有互見的勇氣。沒有間接的連絡。沒有任何交代。一切都因悲傷的童年而沉默一無表示。在這世界裡是多麼多如此令人不可思議的現象啊。

妳的運命像我的一樣是可以大致意料的。妳將永遠感到孤單，由於童年的哀傷，這種缺失是永遠不能用物質和任何事物補償。我也是一樣。我們是親兄妹，且是年齡最接近的男女；我之知曉妳的心血的跳動就如妳知曉我的心血的跳動。我相信妳遠在美洲世界的一隅也一定十分懷念我罷；妳在生活的歲月裡也在願望著我把妳贖回來罷。這承諾像符咒深入於我和妳的心底裡，雖然現在已不需要什麼手續，可是在心靈中，那種程序是永遠不可磨滅的；如神對痛苦的人的呼求的承諾，祂亦會感到責任的壓迫。妳躲避我，遠遠地，不使我見妳而生羞慚；我亦不能直接面對著妳訴說原委，這使我多麼憤怒和心痛。我知道有一天一切會平息消逝，就如妳也知道的。

在我書寫這些文字預留欲想有一天傳達給妳之時，我已下定了決心，心中已有明確的決定：我會贖妳回來，我要再擁抱妳一次，就如那久遠的一日在農莊黑漆的床上摟抱妳；諾言就如不完全的擁抱，還待另一次才算完成。那時我們將看見生活環境獲得真確誠實的改良，理想的抬頭，以及世界的和平。我們盼待至尊的君王降臨我們的宇宙世界，至尊的良知進入每一個人的心中和血脈；否則，我要見妳的日子是永不會來臨，我們永世也不會再相會。

美麗的山巒

韓清攜著行李袋走下客運車後便向一家雜貨店詢問那個山區的訓練營在那個方向，那時已是日暮的時分，他在一條十分僻靜的曲道行走，舉目可望見夏日的青綠山巒和附近田園間的樹林，它們似乎在對這位年輕而帶稚氣的士兵招引他走近，但他的臉上帶著日光投射下來的憂悶的暗影，他心裡似乎明白對自然美麗的企慕，空際中永遠充塞著那無能穿過的透明的氛圍，當邁步向前對它渴求擁抱之時，它會漸漸地移動退後，像一隻你親善走近的鹿，在伸手撫摸牠時驚跳逃去。這對韓清士兵是個不能磨滅的經驗。那年夏天，距離他退伍的日期還有四個月，突然接到派他到某基地接受十週平路機駕駛與操作的訓練命令。他被分派為陸軍工兵根本完全不合他的性向氣質，現在又要他去駕駛巨大的機械更使他感到為難。他有些怯懦的個性與全連愛好機動的官兵不甚投合，連長出這個主意完全是要他到另一個環境去調節情緒；連長當然對他關懷備至，寧可說是報償他在連部的熱誠服務；他的文書工作與連長的指揮之間常是合作無間，甚得他的滿意讚許。富有敏捷的思想的連長是一位軍校畢業的年輕上尉，他必須指揮那羣脾氣任性但對份內的工作非常熟練的老士官，對充員兵的韓清來說，這三者間常有很微妙的關係存在。

從各部隊調來訓練營的學員，年齡學歷以及個性相差很大，由於只是短期的相聚，卻顯得格外的融洽。韓清的鋪位鄰居是周志昌，年紀比他大十歲，喜歡打籃球和歌唱，外表頗富英雄氣概，與不愛好運動只喜看書的韓清正適對比。他們兩個人很快成了偕伴一起的好朋友，韓清是另一位傾訴曲曲折折的身世的唯一聽眾；那些埋藏在心裡的事是頗值得令人同情，他為不能伸展心願感到苦悶，他說激烈的運動是種慰藉的發洩，總比去打架要好。韓清發現他的情感很率直和忠懇，他說他在部隊原駐地有一情人，他忠實於她，所以他到樂園去除了打撞球外，從來不願去碰那些女郎。

教練場設在一所鄉村小學校的近側，在高大的油加里樹林裡闢出一座四方形的場地。早晨時光的樹木陰影，涼爽清靜正適供給教官講課，午後則做為機械結構的認識和基本操作練習。所有的課程對韓清都不甚有太大的吸引力，除了四周美麗的風景。教練場南面在樹木圍繞中露出兩幢相連的木造房屋，覆蓋著的黑色瓦片下面圍繞著頗高的籬笆。有一天晌午時分，教練場這邊正在休息抽煙之際，那邊的木屋走出幾位小孩和一位年輕活潑的女郎，在外圍的籬笆旁邊繞樹遊戲。韓清獨自一人站在油加里樹下看到那景象心中十分嚮往，他的內心早就嚮往一種閒適的田園生活，喜歡那種童稚的遊戲，喜歡山巒景色；他曾在美術學校受學三年，對繪畫有很高的興趣，自服役以來隨身仍帶著速寫冊。

在偶然看到那優雅快樂的景象和把它速寫在紙上之前，韓清和他的同伴在晚飯後的散步中，常有意的重臨那教練場附近的樹林來，但他並不把心裡的傾慕之情吐露出來，幾天之後他的同伴已不再感到興趣，他們並沒有發生爭辯，對各自的愛好和習性都能產生瞭解；他到樹林來時，他的同伴周志昌則轉到樂園去打撞球。之後，韓清喜歡在黃昏中單獨徘徊於樹林，偶而攜帶一本詩集在靜穆中朗讀詩句。他心中的憧憬依然沒有離去，那快樂混淆著他本質中的憂鬱就像一隻馴良而飢餓的動物巡行於林間，企求一種驚喜的邂逅，不懈不怠地等候徵兆來臨，而能讓他專情地依靠過去。而她終於不負期待地出現了，接續一星期之前那遊戲的深刻印象，這一次將會有更深的印象，她穿著白衣和藍色長褲，披著長髮，手中提著皮包隨著腳步前後搖擺，沿著林中小徑行走。他冷不防看到她，那時他已經經過木屋外的籬笆走得很遠了，在轉身回來時才看到她從屋子裡出來，因此他站立在遠處，只面對著她那前述模樣的背影，凝望她健美輕快的腳步，越離越遠，對她投以傾慕的目光。韓清保持著很遠的距離追隨她，相信沒有讓對方察覺到。她青春而自然的姿態使他產生極大的欣悅。她繼續前走，像是要在日落之前趕回家，所以她的腳步極快。這樣的追隨結果是距離越來越遠，她已走出了樹林到柏油馬路，隨即轉到一條歧路下坡而消失。當韓清走到歧路口來眺望時，她已走過了一座架在大溪上的吊橋，她的身影越來越小，在日暮薄明中模糊在溪水彼岸的密集的農舍裡。

第七週開始，平路機的駕駛和機件操作已經進入了真正情況，教練場平坦的泥面升起了濃煙般的灰塵，四部平路機並排由學員駕駛，做著南北直線前進和倒車練習，教官的助手坐在學員身旁指導。韓清有些顫抖地駕著那大機械緩慢地向木屋的方向開去，機器的聲音震動著寧靜的樹林，他坐在高高的位置上，漸漸移近木屋，視線越過籬笆由一口敞開的窗戶望見裡面，那位女郎和一位婦人正在勤奮地縫製衣裳。平路機在籬笆前煞車停住，就在那操作的瞬息之間，他瞥望到她轉臉過來的不甚清楚的面貌，在屋子的陰暗裡呈現著長圓和白皙。韓清依照教官助手的指示快速地操作駕駛桿倒車，木屋的窗口倒車中越距越遠則越小，那個白色的臉影更趨於模糊淡薄不明。教官一再地警告學員不要弄錯操作桿，否則後果不堪設想。韓清又再一次地向前開去，漸漸地接近木屋，但是他覺得自己有點分心，他不能抗拒心中嚮往的窗口，在平穩的前進中偷偷地舉目投視，這造成他稍稍來不及煞車，輕微地撞到了籬笆前面的一棵高大的油加里樹，這使他緊張得血液上升到臉部，但闖撞的聲音還是很大，招引木屋裡的兩個女人移靠到窗邊來觀望。韓清在助手的指責聲裡失掉了看清她的面目的機會，車子往回倒走，他想著：她一定反而看清楚了他當時慌亂的窘迫樣子。他每回憶這一幕便會重新羞赧地臉紅一次。

第八週他們離開了教練場到柏油馬路做道路的駕駛，這是一個極重要的課程；第九週實際地參加平整路面的工作，大多數都操作得很拙笨和不熟練，但韓清卻在離開教練場的這二星期中表現著很好的學習精神，他感覺自己有點學習的心得，不似初當的時候那樣感覺索然乏味。最末一週他們又回到教練場來做結業前的各項測驗。二週間在外面的勤勞磨練，韓清在各項測驗中表現得非常優異。結業典禮前二天完全無事可做，大部份的學員在吃過早飯後都上城市去遊覽買東西，韓清邀請周志昌再到教練場散步，這一次他們有許多的事要談，交換一些紀念物，談論通信和以後見面的事，他們坐在木屋不遠處的樹下石頭歇息。

他們最後已無話可說了，韓清注視木屋，心裡顯得無法安靜，他們有很長的一段時間的沉默，抽著香煙，他心中湧起要和他的同伴談起這十週來心裡的祕密的念頭，他不斷地注視著木屋深感失望，似乎已不會有任何的結果，他只得將湧起的念頭抑壓下去。正當他的同伴感覺無聊提議催促他回營區時，他發現木屋籬笆內那最初時候出來在樹林間奔跑遊戲的兩個年幼小孩子仍然在遊玩，那幕快樂閑逸的景象又復滋生在他的記憶中，要不是那兩個小孩子的存在就不會那麼美好。韓清迅速從衣袋內掏出手冊，撕下一張白頁，寫上幾個字，從籬笆隙縫交給一位小孩送到屋子裡去。這時他的同伴因不甚明瞭他到底在做什麼而詢問他，韓清準備向他坦白地解釋，一句清亮的聲音透過籬笆傳達出來：

「請你們進來罷——」

她就站在門口，婷婷依靠在門邊對他們招呼，這意外地使韓清驚喜，他的同伴在大感奇異中明白是怎麼回事後，對韓清深深地注視，微笑地伸出一隻手，兩人的手握在一起，預祝他的成功，就先行回營去了。韓清在他的同伴走後，稍整理了一下服裝，帶著喜悅和惶恐的心情走進籬笆門，她仍然站在木門框中，像一張畫裡的全身像，可以看清油彩的明暗色澤，可以感覺線條彎曲起伏的惑人力量，她那親切的笑容滲透著羞澀的顫動，他終於在那一刻清楚地看見她清秀姣美的容貌。

韓清歸回連隊後，部隊正要開拔到玉枕山去修護道路，全連官兵駐紮在清雲寺的幾間廟房裡，依照平常的作息時間，白天到道路塌方的地點做修築工作，黃昏時回到廟房休息，唯一的消遣是到一里外的火洞的茶館喝茶談天。這時離他退伍剩下還不到兩個月時間，但他的心思整個還在某基地教練場邊那木屋的氣氛裡。玉枕山距離那個地方約有一百五十公里，交通路線非常不便捷，誰也不會知道他的心事，連長根本不准他在臨近退伍之前請假。唯一互通信息是寫信，然後靜待她給他覆音。

晚間他和連隊官兵步行到火洞沐浴溫泉，然後坐在茶館裡飲茶，他們和服務的小姐們有說有笑，韓清卻想到他與她在油加里樹林的攜手漫步；他和她走到一條小溪，望著清澈的水流流過石縫間；他和她並肩坐在草地上；她讓他輕輕的吻她的臉頰。他想到他和她到底是怎樣開始交談的，他走進了木屋後便接受到很好的款待，他的字條只是單純地要求一杯茶，當然他所受到的要超乎一杯茶還更多的待遇，最重要的是她們對他的好感，他進去的真正目的就是要知道這一點，他請求要一杯茶只是他的靈感。

「我們早先就那樣希望——」

韓清坐定之後就發現兩位和善的女士的四眼不斷地在互通默契，他只是猜著但不明白她們有什麼預謀，當她們說了那句話後，他自認他猜著了一半，他為此而高興地追問道：

「希望什麼？」

當那位小姐回答說：「希望撞到樹的是你」時，韓清的驚喜更進一步達到受寵若驚的階段。「我和老師開始就注意你。」這句話是韓清表示要和小姐單獨到樹林去散步，他們走到那小溪邊坐在草地上時她才坦白承認的。這使韓清清楚地明白一件事實：原來希望本身並非他個人單獨的期盼，就像一眼注視山巒，必定會產生神祕的物理作用，使你覺得它的形態的美麗，它的呈現本身就是一種返回的照射，撞擊對它有所期盼的意義的心靈。「為什麼？」一百個為什麼的追問也不會讓她能說出一個字，卻能顯露在她激動的臉上。她姓廖，名美麗，十九歲，是客家人，她說她學裁縫才三個月。那天下午韓清和美麗走到山裡的一座寺廟，她對寺廟供奉的佛像表現的十分虔誠，一拜再拜，似乎對祂有所祈求。韓清看到這等模樣當然十分高興。第二天結業典禮完畢，韓清先和這二個多月來的同伴周志昌話別，然後他迅速地來找美麗，前一天從寺廟回來，他和她無所不談，也無所不說出心中的期望，決定一同第二天到市鎮去，她表示要送他搭火車回部隊才分手。

他坐在火洞的茶館一天等著一天，一個星期過去了，他沒有收到她的回信，他再寫了一封信，附寄火洞的木刻紀念品給她，幾天後，他依然沒有接到她任何音訊。她永遠沒有回信給他。

當兩個月之後韓清又在那四個月之前初臨下車的客運車招呼站下車之時，他抬眼所望的山巒是深藍色的，上空飄飛著秋天的朵朵白雲，他當然還能記憶夏日青綠色的山頭的清爽感覺，那時樹林的清新現在都被季節風橫掃而呼嘯著沙石和落葉。教練場依舊在樹林裡，經過他們那一次機械的刮削似乎感覺低陷了一些。他走到那裡來注目木屋回憶當時的情景，卻發現木屋的窗戶關閉著不似那時敞開的模樣，雖然是關閉起來為了遮擋風沙，但卻顯示著排斥和拒絕的形象。

「她接到你前後的二封信——」

那位裁縫老師告訴韓清美麗已經輟學回農家去，不再來了，永遠不再來了。「她接到第二封信後，第二天就沒有再來了。」經過韓清的一再請求，那位裁縫老師才告訴他美麗家的所在。雖然他的請求已有了結果，但他從整個感覺中察覺而疑問她們這些山區的鄉下人為何改變得如此迅速，有如氣候使人捉摸不定，一季隨著一季變化如此快速，因為她對他的詢問總是回答著：「不知道，不知道。」她把他看成一個不相識的人，或則認為他是個愚笨的追求者，更似是呆板的理想夢想家。他只要回憶第一次進屋時她們的笑容和親切的態度，就可以想像自己在這夢遊的人間所見到的善與惡都同樣戴著相同的面具。

韓清離開木屋，準備轉往大溪吊橋彼岸的村落，他所走的是第一次在黃昏中追隨她的背影的那條樹林小徑。他當時非常清晰地記得站在歧路口眺望她過橋後消失在村落的那幕景象，而現在他必須同樣依照這條路追尋她。他費了一番工夫才找到她家的院落。她的父親是一位年紀老邁的農夫，正蹲著編織簸箕。他端詳著韓清，只用眼睛注視他，卻不太理會他。韓清發現那老農夫的自我意識的表情是一個莫大的阻礙；他有著使人軟弱退縮的不可動搖的頑固；他毫不在乎地亦無動於衷地繼續編織工作。兩個人之間且有語言的隔膜；那老農夫的客家話只可聽出那句「我不知道」；而韓清的閩南話他似乎不懂，改用國語說他根本不加理睬。一位瘦小的婦人自屋子裡走出來，她自稱是美麗的嫂子，她直接了當地對韓清道出美麗現在在山上採茶葉。他朝著她的手臂的指示對那山巒注視，再清楚地看它一眼，他心裡已有所決定。但是那位瘦小的婦人卻不斷地重複那句警告他的話；她說：

「路難走啊，路難走啊。」

韓清的要求頗為堅決，那位瘦小的婦人用客家話和老農夫交換了意見後，終於接受他的請求帶他去見那位美麗。他跟隨小婦人行走，他到底懷著怎樣的心情走向那山巒？他那不十分穩當的腳步走在田間小徑上使身體有些搖蕩起來。一刻鐘後轉進一座小山崗，現在他貼近著它，開始顯現它各個部份的面目，而他必須謹慎地去連綴它們的涵義。那小婦人頻頻回頭問他：

「你愛美麗嗎？」

「我愛，我愛。」他總是這樣地回答。

她搖頭說：「不可以。」

「為什麼不可以？」他追問道。

她顯出頗正經的態度回答：「你和美麗之間正好相差六歲。」她又說：「相差六歲結婚是危險的，對你不利，對美麗不利。」「我和美麗相愛，我愛她，她愛我，為何對我不利，為何對美麗不利？」韓清顯然不能瞭解其中所隱藏著的是什麼邪惡和危險的因素，他追詢她要她道出理由，她反帶著鬼狡的微笑沉默不答，自顧前走繞過了山崗。她快速地往山上走，使韓清落後加緊追隨。繞過了一彎又一彎，越過一山又一山，她始終在回頭望他時臉上仍然掛著那神祕的笑容，突然她停在一處茶園，惡戲般地對韓清說：「她在那邊。」

他對那片樹林茫然地注視著。

「你走過去就能見到她。」

韓清依照指示走向樹林，走了幾步，回頭望那位小婦人已經和幾位採茶的婦女在背後談話。穿過那排樹林後韓清並沒有看到任何身影，正好面對更遠處與他站立的山頭相連的山巒，一如他站立在客運車招呼站及他走向營區時，在那條僻靜小道所見的山巒有些相識。他至此有些氣喘，有些勞累，有點灰心，好似他最初所懷命運徵兆的感覺，在此處又再次地顯示給他。他走遍茶園尋找，一區經過一區，走到一處傾斜的山坡，再下去那山坡就連續著遠山，他看見了她。她的真實形貌是戴著笠帽用布巾圍著臉部，只露出眼睛對著走向她的韓清注視。

「美麗，美麗。」

她站立而不回答他，他知道她在那充滿濃黑陰影的臉裡，她正用銳利的眼光盯視著他，似乎在小心戒備著。他看到她那怪異的模樣，也因而站立不動，害怕因自己的走近而驚走了她。他像對待一隻善疑的動物一樣先呼出叫聲使牠對他感到友善。「美麗，是我啊。」偏偏是這叫聲使她轉身往下坡奔跑，韓清以他最後的遺力拚命地追趕她，孤注一擲企圖捉住她。原先他以為這是一場她故意安排的歡快的追逐遊戲，就像她和那二位小孩子一樣繞樹追逐玩耍。她奔進相思樹林裡，繞著那些曲折的樹幹逃避他的追趕。韓清呼聲叫她停下來，她回應著：

「不要靠近我，走開，我不要見你。」她這樣說。韓清還是在她的背後哀求地呼叫：「為什麼？為什麼？」她的回答是：「我變醜，我改變了，我羞於見你。」韓清在追趕的奔跑中突然跌落在一處坑洞裡，嚴重地扭傷了腳踝，無能馬上爬起來。當他勉強盡力支撐起身體來時，抬頭望著她越跑越遠，消失在另一座山丘的樹林裡。他坐在泥土地上，望著那些輪廓優美的山巒嘆息，有一刻他還集中視力注意著美麗身影消失的樹林，盼望著她的重現，許久許久，他知道永遠無望了，才跛著腳下山來。

逝去的街景

一

那年夏日海浴中的一天有一陣狂潮把吳素妹女士的兩位剛長成的女兒捲走吞沒了，當大家聞知了這件不幸的事，且熟悉那兩位女兒是在大學就讀而她們的容貌是受到注目讚美時，惋惜之聲在黃昏裡喧嚷傳遍了全鎮。但是你要是加以細聽和觀察那些三五成羣的私語的人們，就會在他們的動作和語聲中察覺那是帶有著積久的妒嫉所顯露出來的幸災樂禍的濃厚意味了。這些當然都是朝指著吳素妹女士一人。對於那溺死的不再有知覺的兩位而言，嗟嘆是多餘的，但對於活著的人，總會在此時利用著事件來表示他們的恩怨情緒。經過二天的撈尋，屍體才在港尾的石隄腳為漁人發現，看到的人說兩具屍體是緊牢地相擁抱著，心地善良的人聽到時的確頗表安慰；可是他們又說耳朵被蟹蝦咬掉了，卻又產生懼怖的想像。總之，在那幾天裡，這個尋常事件是一陣又一陣地煩擾著人們的思緒；如果不是吳素妹女士而是普通的人家，恐怕只當做天上的一塊浮雲無聲息地在不知不覺中過去。有些人眼珠睜大地在討論吳素妹女士的財富，一併把那位短命的丈夫也無端地被道及了可咒詛的流言。好像罪過都是她；他們這樣說到她的長相：兩顆烏溜溜的大眼睛，高凸的顴骨，再加高大豐腴的身體。他們的竊語模樣倒有點像鑽洞的老鼠羣。

「她還有一個男孩子，」

「只有八、九歲懂什麼？」

我們走到那幢別致的漂亮的房子的門前去觀望，看見那男孩沉默乖順地在紗帳前燒銀紙錢。就在這個機會裡我們才能看到吳素妹女士一家人所居住的有些神祕和高貴的白牆壁和褐色木柱的無數大房間，裡面擺設的高雅的家具，迴廊和內院的花園，許多人好玩地在那裡穿梭瀏覽，骯髒的腳步印滿了乾淨光滑的地板。

二

那幢屋子的前門總是關閉著，吳素妹女士自從失去了兩位女兒之後就沒有在街道上讓人看見，我們猜想她大概有五十歲了，有人說她深夜才出來，和一位身材不高的中年男人沿著山腳的相思樹林散步。那幢別具一格的漂亮瓦房側壁有一條水溝，那一邊是一座尼姑庵智福寺，寺院後面就是長滿相思樹的虎頭山的山坡，因此那說法使人不能不信。

星期日早晨約十點鐘左右，鎮上國民小學的美術教師李厚德先生帶領了三位小學生來叩門，對摺的鑲門只打開了一邊，一張不很陌生的男人的臉孔被人瞧見了。他就是鄭森先生，一位很特殊的人物，日據時代年輕時曾就讀台北師範美術科，他擅長水彩畫，作品屢次入選大展；光復初年鎮長出缺時，他代理過鎮長的職務；現在在鄰鎮的中學任美術教師。

「我把他們帶來了。」

「請進來，李老師。」他說。

鄭森先生還穿著束腰的晨袍，引他們走進一間臨時做為畫室的寬敞的房間，他親自佈置了一個台子，放擺著幾樣真實的水果和蔬菜，對他們講解水彩的畫法，他親自畫了一張做為示範，據李老師說畫得比實在的更美好。這之間，吳素妹女士出現在畫室門口，端來一個茶盤，上面有糖果和茶壺茶杯。李老師後來對同事說，她實在是個高雅而有教養的女性，態度溫柔而謙虛。

之後，大家確定他們是一對情侶之後，我們總覺得那幢屋子靠街道的窗戶，晚上燈光總是明亮著，不似以前站在屋前的那排龍柏樹旁幽黑得看不到亮光。可是現在的光亮是透過一層窗簾和玻璃，還是看不到裡面熱鬧的情形；我們想：鄭森先生是一位有學養的紳士，他總會邀請他在傍晚時分打網球的朋友到這舒適的屋子來喝茶談天。有時，我們的確看到由外地駕車來的很有體面的男女，被他引進到那幢屋子裡，晚上那裡面必定燈光明亮到深夜或凌晨。於是開始時的繪聲捉影的閒言被實在的情形替代了。人們總是朝著那幢房舍投出羨慕的目光。

經過幾個月，有一個晚上，突然一位穿長裙的瘦弱的婦女悄悄地走近吳素妹女士的那幢房子，她在門前猶疑了一下；當她叫門時吳素妹女士的廚婦來開門，那老廚娘不讓她進來，但那婦人突然地強硬地衝了進去。幾十分鐘後，那位婦人出來離去，因為太晚了看不清楚她的面容的神情。可是第二天有人說，她就是鄭森先生的妻子，由鄰鎮趕來捉姦的。而講這事的人又說，鄭森先生是由臥室的天窗爬到屋頂上去。後來沒有人再看到過鄭森先生在那幢屋子出入。那幢座落在鎮上北面的大宅於是又恢復先前的寂靜，沒有亮光由窗簾透過照亮那些龍柏樹。晚上那一帶顯然十分的肅穆和寂寥，智福寺後面的山坡也沒有人在那裡出沒散步。

三

數年之後街角的地方開了一家麵店。大多數人在夏季的時光裡非常重視晚飯後在走廊或街邊乘涼的習慣，閒談喝茶直到午夜；在秋冬的時辰，晚上只能坐在屋子裡，尤其是冬寒的時候都提早睡眠，街道上約在晚上九點鐘已經甚少有行人，但十點鐘左右未睡眠的人卻會溜到麵店來吃碗湯麵，才能安下心地再回家去睡覺。就在那個忙亂時刻，開麵店的戴眼鏡的老頭子突然地想明白一件事，一個鐘頭以前他的兒子，那高個子火生提著板箱送麵到吳素妹女士家去，為什麼到現在還沒回來？

「難道送麵去還要陪她睡覺？」他說。

他抬頭望見火生腳步蹣跚地回來，低著頭眼睛望著地面，顯得虛弱懶散；老頭子回憶一下，這情形自入秋以來已有一個多月。首先吳素妹女士差她的廚娘來叫麵，幾天之後火生告訴他的父親每天要在那個時候送去。

「那麼你在這個鐘頭到底在她那裡做什麼？」

「我不在那裡，」火生說：「我到藥房去看人下象棋，然後我再回去把碗收回來。」

那個老頭子是個精明鬼不再追問他。白天他偷偷找一個機會去藥房打聽火生是否來看下棋，藥房的人回答說：

「罕罕的只有一、二次來過。」

「什麼時候？」

「午後的時刻。」

於是他轉去找里長陳瑞木先生談他心裡懷疑的事。

「你何不試試捉一次，」陳瑞木先生說：「現在無證無據叫我如何辦事？」

那晚老頭子趁火生提麵去後半個鐘頭，偷偷潛進了那幢房子，而一切真相都清楚了。可是老頭子面對吳素妹女士的時候，他的氣憤消失了，由心地對她敬仰和憐惜。

「這件事我們只能冷靜和理智地思量。」吳素妹女士說。

她的態度自若而嚴肅，請他們父子坐在臥室的椅子；她的樣子似乎準備和他們做一番誠懇的交涉。

「你會守住這個祕密嗎？」

「這是一樁罪過，我希望到此為止。」
「當然，」吳素妹女士說。「我知道。」
「這個無用的孩子我要打發他到城市去。」
「那麼我要給他一些錢，多少我希望你們不要和我斤斤計較。」
「算了罷，」老頭子說。
「這是我的一點意思，並不如你說的是一樁罪過，要我用錢來賠償你。他已經成年了，沒有什麼受害人，這事你也無權訴之於法。我和他只是有緣在一起而已，你是應該明白的。只怕宣傳出去，有關係的是風俗的問題，我希望你守住祕密。」
這席話把老頭子說服了。

四

一位天主教的外國神父和陪伴他來的本地人走遍了鎮上的所有街道，觀看了所有大大小小的建築物。當他第一次睹見了吳素妹女士的那幢房子時，他駐足了片刻，很欣賞它的式樣，在他的腦中盤算著面積，房屋的寬窄和高度，覺得它有點歐洲的風味，卻是為日本人的尺度所修飾的。當他繞完了全鎮又回到那幢房舍門前時，他和那位陪伴的人就站在街道上交談了起來。
「這間屋子像是為聖母準備的。」

「是為您準備的，神父。」

「是聖母。」

「是您，神父。」

「聖母。」

「神父。」

然後他們像是兩個打賭的人走近去叩門。

當我們第一次看見白色十字架豎在那幢房子的前廊屋頂下時，實在頗表意外。最感興奮的是小學生，成羣結隊去找慈祥的神父乞討有聖嬰和馬車滑過雪地的美麗卡片。聖誕樹和銅鈴第一次給我們很深刻的印象。有時在那裡發放一些奶粉和舊衣物給生活貧困的人們，那幢屋子變成了十分熱鬧的場所。那是自從吳素妹女士的兩位女兒的葬禮後，大家能夠自由的出入那幢特殊的屋子。這離她的那次被隱密起來但終究有所傳聞的不光彩的戀情也有數年了。事實上大家只記得更早時候鄭森先生和她的事，那時我們深以為他們一定會結合，事後有人批評鄭森先生根本不是一個有膽量的聰明人。吳素妹女士個人搬到智福寺去吃齋拜佛；對這一點一定頗不能滿足某些人的愛好邪想的癖好，他們總喜歡把人定成一種固定的性格，也喜歡判別非善即惡，而忽疏了生命的歷程是會自然地尋求平衡與和諧。她的兒子經神父引進到基督書院去讀書了。

代罪羔羊

一

我去赴信雄君為我介紹出版家侯先生認識的午餐回來後對美惠說我沒有邀他今晚也同赴吳大師的晚宴，她認為這樣做對極了，完全合乎她的意思，但她所顯明表現的態度的滿意和堅決卻刺痛我的不快，覺得這樣做有違我與信雄君的情誼，問題不在是否同嘗那一餐現實具體的佳餚，而是觸及到我們人生所追求的形上快樂的共享。要是美惠指責我為何不乘此機會也讓信雄君認識音樂界的泰斗吳大師，我想我會認為我對信雄君的隱瞞是理所當然的，我有充份的理由可以說明我這樣做一點也無愧於他，吳大師與我之間的交誼是直接而實際，密切於進行中的現在，對我有無法計數的利益充滿在我生活的感覺中。當然我有保留私自享有而不讓他人介入的權利，何況信雄君與我已有三年不見面的分隔，坦白說，我們之間的友誼因各自生活形態的進展和變異，已經在淡漠中褪色了。可是我的思維卻因美惠太贊同我的決定而作祟起來，有如我是為了討得她的滿意才這樣做，這一次她完全沒有來得及感覺她又犯了侵犯我那自我獨尊的個性，事不分鉅細我不容有人的想法會與我雷同，甚至凌越於我之上，即使是美惠我的愛妻，我永遠在她的面前具有優越的感覺，在生活中是我引導她，不是她支配著我。

因此，原可預計的興高采烈的赴宴心情卻變得四處愁雲。但忙於在黃昏中盛妝的美惠卻無暇於透視我的複雜的心事，那並不是她與我生活十年而完全還對我不瞭解，而是近幾年來我的事業太順利了，也同時帶來生活上的美滿感覺；我們租了兩幢相連的洋房，其中一幢是我的工作室，由於我的興趣廣泛，除了在公家機關有一份固定薪水的職位外，我與藝術界結了不了之緣，無論繪畫、攝影、音樂都應算是個專家，而我與美惠一向可說合作無間，她是我的真正的知己和得力助手。她的美麗和順從的德操在我的眼前依然明亮閃耀地存在，我們的愛情此時刻已趨於成熟而漸漸往上爬升於幸福的峰頂，在我們的社交圈中，任何人都非常羨慕我們這一對的親愛表現，給我們一個名副其實的讚語，都就是：

郎才女貌
相得益彰

可是整個黃昏肅穆的時辰，信雄君的瘦削的影像盤纏在我的思維裡，午餐時我有機會端詳他，他隨著年紀的增長留著與眾不同的垂下嘴角的短鬚，與下顎的不密的鬍子配合成一種極具典型而憂鬱的風貌；我不瞭解他此次的降臨具有什麼深遠的意義，但無可否認的隨著他的出現引發了我對過去歲月的不少回憶，而他的戲劇性的姿態和作為卻使我懷著深深的懼慮和戒心。

我與他最後一次見面的情形映現於我的眼前，三年前的一個晚上，在我的家裡吃過晚飯後隨即引發了一場爭執，使一向和善待客的美惠亦僵直而嚴肅地默坐在一旁，雖然是為了一件涉及幾百元的版稅的合理辯論，但似乎其真正因素並非看不開那一點小利益，而我與他的這類爭吵淵源久遠，可推溯至於學生時代同學在一起時開始，我們有許多相同之處，這使我們在患難掙扎的日子親如手足，而事實上也因為這種氣質上的相近導致人性間爭雄不相容的現象。所以引起於不快的事件的本身雖然隨歲月累積，但並不值得一一加以追索和重視。可是每當我在最寂寞的時候獨自沉思，卻會從最深的意識裡浮出溫慰的感情，因為互相的磨擦而產生的認知會像一道光輝照耀著我的心田。那夜晚的爭辯之後，我們的友情關係陷於最幽暗的低潮，由於夜深天寒，他仍委屈於在客廳臥眠；我與美惠回到樓上的臥室，我不知道樓下的信雄君是否同我一樣整夜清醒未眠，我恨不得趕快天亮，以便能和他趕快分離；但他頗能沉著忍耐直到天明，如果是我早已悲憤不計黑夜奔出離去。第二天我們淡漠地在屋前的道路上分手。他的沉篤凝重的面目神情，至今依然給我內心一層警戒的印象。

而這一次他的出現的前兆是半月前藉託著一位傾慕於我的才藝的人士而來；那位人士攜

來他自己的譜曲請教於我，交談之下才知道他是聽信雄君的描述而懷著敬仰的信心前來的，他一再表現的誠懇態度終致使我接受他的委託的酬報。然後是昨日在我下班回家時美惠告知了我信雄君要親自來訪的消息，而幾至使我嚇然一跳。我冷靜思考之後，吩咐美惠備晚餐等候他的來臨。他如時而至與一位頗具姿色的年輕女郎同來。當他們離去後，我曾與美惠詳談這一次我們對他的觀感；當我們回憶信雄與他那位賢惠溫馴的前妻的種種時，不料美惠突然這樣說：

「你知道我送他們走到道路時他有什麼表示嗎？」

「他有什麼表示，美惠？」我說。

「他伸出手來想和我握手，」

「然後？」我再問。

「我故意沒有看見。」

「妳故意？」

「是的，我故意。」

她就為這件事得意地整夜怪笑不停，使我不得不疑慮而另眼看她，有如使一個男人丟臉受窘是女人們的一項心滿意足的勝利。

二

我會和吳大師的關係變得緊密和投合，是他知道我也寫小說開始。在我未專事於作曲之前，有一陣子我和信雄君在文藝圈中，因此也試寫了幾篇作品刊登在那時的文學雜誌上，後來我們的友誼關係時散時聚，信雄君是個很特殊而難以揣摩的男人，他的熱情氣質使他成為一位異常出色的小說家，但他生活浪漫而常遭落魄的情況，自他和前妻關係斷絕後，也就是那次我們在清晨中的灰黃道路上慘然分手之後，我認為我再也不會重遇到他了。此時期我亦停掉寫小說，專心於攝影和作曲這兩樣東西，而竟然成為我現在樹立於社會的名譽的事業。有一天我在午睡時，電話鈴大作，美惠急奔上樓來告訴我是吳大師的緊急電話，我到底是滾著或者躍跳著下樓我已經忘記了，或甚至我有沒有來得及穿上衣服也不重要了，總之我握著話筒回答說：

「是，我是哲揚。」

「你快來，我有話對你說。」吳大師第一次用命令的口吻，說完即掛斷電話。

我叫美惠趕快準備一道上華岡，我不知道吳大師想對我說什麼這麼重要，但我心裡卻有著從未有過的佳妙感覺。那是一個炎熱夏日的午後約四點鐘的時刻，我們走向吳大師公寓的後院草坪，他只穿著短褲全身赤裸地曝曬在陽光中，躺椅的旁邊我馬上認出幾本我書桌上也有的文學雜誌，他以非常怪異而明亮且帶著笑意的眼睛審視著我們走近他。我深覺奇怪，他竟然沉默無語，只一味地盯住著我。然後他突然從躺椅躍起來，牽著我的手走進他的客廳，從酒櫃裡拿出一瓶威士忌，倒了三杯，在舉杯時才說道：

「我幾乎看錯了你，哲揚你這小子。」

我還是不知所以然，因此顯得有點無措，事後美惠回憶說她當時嚇死了。然後又回到後院的草坪，他呼叫我坐下來。

「你看我的皮膚是在不覺中曬紅的，你知道為什麼嗎？」

我聳著肩膀，微笑地和他對視。

「就是為了你寫的小說。」他說。

那晚他留我和美惠共進晚餐，延續談至深夜；我從來未曾遇到過在長輩羣中有這樣的一位博學而不鄉愿且豪爽的人。從此我和吳大師成為莫逆之交，他交給我做的事無不以欣賞的態度來讚美我。這次的晚宴算是一個慶功宴，因為他特別要我為他的演奏做拍照的工作，而午間信雄為我介紹出版家侯先生就是為了我想出版我的那些為數不多的小說。在席間我對吳大師宣佈我的小說將成集出版的消息。

「那應該，太了不起了。」他說。「有沒有找到出版社？」

「我的一位寫作的老友為我介紹了一家。」

「那位朋友叫什麼名字？」

「連信雄。」我說。

「我曾聽說過，也像你一樣是個怪傢伙是罷？」

「是，是，他變好。」

他想再說什麼而沒有說出，只深沉地瞪了我一眼，我心裡想到信雄，並極欲向吳大師描述一些事，但席上羣人的笑談聲馬上遮掩了這件事，這也顯示佳餚滿席的晚餐已到了尾聲。事先我曾約好幾位席散後再到畫家老楊的寓所去聚談，到了那裡已是十點鐘，老楊拿出蘭姆酒要大家再上坡。這是幾年來我們聚談的習慣，在吃飯時喝一種甜淡的酒，而飯後的交談則拿烈酒來引興。但至此我的心緒已達到窒悶的頂端，無法有過往的興致；當他們發覺我的異樣時，反而把我當成他們的作弄的目標；經過數度乾杯後，我已到無去控制的階段，我迅速拿起電話撥叫信雄君。

「信雄，信雄，救救我罷！」

「到底什麼事，哲揚？」

「請你過來，來救我，否則他們要把我灌醉了。」

「那不是很好嗎？人生難得幾回醉。」

「不是那麼一回事，信雄，快來救我。」

「好啊，我馬上就到。」

一刻鐘後信雄君和那位女郎又出現在我們面前，他未到之先我已誇言地對夥伴描述我的這位老友的種種優點，但在這深夜時分才到的信雄君垂著眼神充滿悲憐的臉色；我心裡固然因他的來臨而感暢快，但在這交織的複雜的腦影中，又覺得實在不該在他上床的時刻再把他拉來。他看到我們雖很表歡迎，但幾乎每個人都顯露著疲憊之色，因此他直率地說：

「啊，看來你們的高潮似乎已經過去了，」

「不不不，」我說。「還有無數的高潮在後面，但我們大家先乾酒。」

於是我要老楊把他的精彩幻燈片拿出來，並且打開唱機以現代的前衛音樂作配樂。首先是放映從西洋的黃色攝影雜誌上拍照下來的照片，然後是老楊巡禮美國各大城市美術館的華美而珍貴的紀錄，他一面換片一面解說，再度引起我們處在局限的地域而從事自己亦感到十分曖昧的藝術工作的人的虛誇的興奮。然後是他的鄉土的主觀涉獵，只放映四、五張破壞的牆和污穢的屋角，而那燒得太熱的燈泡熄滅了。於是大家談到近日在真善美戲院上映的《衝破黑暗》這部影片；我站起來模仿卡拉揚指揮表演一段貝多芬的〈艾格蒙序曲〉的演奏；一位貌似英國喜劇名星彼得席勒*的同事，也模仿指揮家托斯卡尼尼**、查理斯杜律特、杜托伊尤金約夫姆***；突然信雄君的聲音壓住了大家的狂舞：

「今晚最好放醉了。」

他宣佈說，舉杯對著大家，連飲三杯。我們全都注目著他，他卻沉靜地坐著，閉著眼睛，開始唱出他在學生時期就已拿手的歌曲，歌劇《瑪莎》中〈恍如一夢〉的一段，我們全都凝神聽他那富於感情的誠摯音色，且贏得我們的掌聲。隨著有人打開鋼琴彈出〈老黑爵〉，以及流行歌〈五百哩〉，整個客廳混雜著互異的歌聲。此時我的意識已十分模糊。朦朧的視界瞥望到信雄君和美惠兩個頭顱靠近著私語什麼，他的手舉在他們兩個面孔之間。有人拉我到鋼琴旁邊，要我唱舒伯特的〈老樂手〉；天啊，我這一生已經唱它有一百遍了。當我意識到美惠的哭泣聲和我的歌聲互相交錯對位與賦格時，我回身發現他們全都靜立如木雞，只有信雄君和他的新歡女郎坐在美惠的斜對面，我奔到她的坐椅旁邊，握著她豐滿的雙肩，詢問她為什麼豪聲哭泣，她搖動著肩膀，不理會我的疑問，眼睛的方向直視著信雄君。

「連信雄，」她憤怒地大聲說：「你為什麼打我？」

「我沒有打妳。」他有點慌張地說。

「到底怎麼一回事？」我說。

「我只輕拍妳的臉一下。」信雄君解釋說。

「我問你，你有什麼資格這樣做？」美惠繼續發問。

「這表示親愛而已。」他說。

我說：「對，信雄沒有其他的意思。」

「你還幫他說話，哲揚？」美惠說。

「我也看到了，美惠，妳不應該說他打妳。」我說。

「我故意說的，」她回答我，使我不僅再度吃驚，和想到昨夜她的得意笑聲。

「為什麼要故意？」我心裡開始惱怒。

「我是為一位偉大的女性抱不平。」她說。

* 彼得席勒（Peter Sellers, 1925-1980），此為藝名，英國喜劇演員，曾獲金球獎最佳音樂及喜劇類電影男主角。

** 托斯卡尼尼（Arturo Toscanini, 1867-1957），義大利指揮家，曾錄製大量代表作，為二十世紀偉大指揮家之一。

*** 杜托伊尤金約夫姆（Eugen Jochum, 1902-1987），德國著名指揮家，為第一位錄製布魯克納交響曲全集的指揮家。

「什麼偉大的女性？」信雄不服氣地說。

「這是什麼地方什麼時候妳提到她？」

我把美惠的整個身體提起來，我的意識已完全清醒，明瞭她的搗蛋是為了什麼事，最好我趕快把她帶回家。

「她太偉大，我不能不想到她，我的心裡懷念她……」她嚷著。

「我錯了，」我面對美惠說：「這完全是我的錯。」

我拉著她朝門口走去時，瞥見信雄君從座位站起來，低垂著頭，似乎想發表什麼私人的意見，但我和美惠已經走出門戶，在巷口攔截一部計程車。

當車子駛離市區，在郊外的漆黑山野奔走時，我注視著在寒冷的氣候中猶出現在天邊的幾顆稀落的星子，想到數年前我的一次外遇事件的揭露，引發她有一段時間，每到半夜，她便從床上起身坐在鏡前沉默地獨自化妝；塗敷成當初我們結婚那天信雄君的前妻為她化妝的呆板模樣，那位漂亮的女性的確如美惠所說般偉大和感人，可是信雄君在他的性格中的另一面卻是非常孤獨的人；像我從求學到現在二十年間與他的辛酸波折的情誼和認識，亦難瞭解他的所作所為所依循的他那內裡的神祕思想。我在沉默和冷思中想著，在這僅兩次數小時的見面之後，我不知還要等待何年何月何日，再和這個常為人誤解的信雄君相見言歡？

七等生創作年表

七等生全集 06

INK PUBLISHING

城之迷

作　　者　七等生
圖片提供　劉懷拙
總 編 輯　初安民
責任編輯　施淑清　宋敏菁　林家鵬　孫家琦　黃子庭　陳健瑜
美術編輯　黃昶憲　陳淑美　林麗華
校　　對　呂佳真　潘貞仁　林沁嫺

發 行 人　張書銘
出　　版　INK 印刻文學生活雜誌出版股份有限公司
新北市中和區建一路249號8樓
電話：02-22281626
傳真：02-22281598
e-mail：ink.book@msa.hinet.net
網　　址　舒讀網http://www.inksudu.com.tw

法律顧問　巨鼎博達法律事務所
施竣中律師
總 代 理　成陽出版股份有限公司
電話：03-3589000（代表號）
傳真：03-3556521
郵政劃撥　19785090　印刻文學生活雜誌出版股份有限公司
印　　刷　海王印刷事業股份有限公司

港澳總經銷　泛華發行代理有限公司
地　　址　香港新界將軍澳工業邨駿昌街7號2樓
電　　話　852-27982220
傳　　真　852-27965471
網　　址　www.gccd.com.hk

出版日期　2020年 12 月　初版
I S B N　978-986-387-374-7
定　　價　300 元

彭蓬海出版中心 贊助出版

國家圖書館出版品預行編目資料

七等生全集. 6／
城之迷/七等生著 -初版. --
新北市 : INK印刻文學, 2020.12 面；　公分
ISBN 978-986-387-374-7(平裝)

863.57　　109017956